万華鏡をのぞいたら

インド放浪の旅のあと

黒川博信

花伝社

万華鏡をのぞいたら
——インド放浪の旅のあと——
◆目次

Ⅰ 僕は旅に出る

II サラリーマン時代〜Uターン

Ⅲ 子どもの目線

VI 豊かさとは

Ⅶ 地球人

Ⅷ 星空を見上げたら

I 僕は旅に出る

アメリカとインド

アメリカのあるおばあさんがペットのネコをシャンプーしたあと、ドライヤーで乾かすのが面倒になって電子レンジに放りこんだ。

「チン！」と鳴ったかどうかは知らないが、出て来たネコは丸焼けで、おばあさんはたいそうショックを受けた。ショックを受けたら反省すればいいものを、おばあさんは反省を怒りにすり替えて、その矛先を電子レンジのメーカーに持っていった。

訴訟を起こし、メーカーが負けた。理由は「商品取り扱い説明書に『動物を乾燥させてはいけません』と書いてなかったから」。

また、別のアメリカ人のおかあさんが、ある日息子の手を見て驚いた。

大切な息子の手はテレビゲームのやりすぎでマメだらけ、血がにじんでいた。

息子は毎日数時間、テレビゲームをやり続けていたという。おかあさんは息子を叱り、教育すべきなのにそうはせず、なぜか怒り、訴えた。

そう。テレビゲーム機のメーカーを訴えたのだ。

裁判では〝勝ちめがない〟と見たメーカーは示談に持ち込み、相応の賠償金、というより信じられない額の現金を払った。おまけに全米の当該ゲーム機を持つ全家庭に「マメ防止」の手袋を四組ずつ配布したそうだ。手袋代だけで一〇〇億円。

電子レンジを持ったり、テレビゲーム機やそれを毎日数時間もやっていられる暇な時間を持つ「裕福な人々」が、自己の責任を省みないでまだ何かを他所から得ようとする。

「持つこと」に麻痺《まひ》した人間は、自分が「もうすでに十分持っている」ありがたさには気づかない。

昔、インドのカルカッタという街でこんな光景を見た。

一〇歳くらいの少年が、腰を低くして瓦礫の影にひそんでいる。少年は、裸だ。瓦礫の向こうにはゴミの山がある。ゴミの山にはカラスが群れている。

僕は足を止めて彼の動きを見守った。

その時を待っていたかのように彼は動いた。目にも止まらぬ身のこなしで一羽のカラスに跳びついたのだ。

あっと思った次の瞬間には、少年はカラスの両足を見事握りしめていた。

路上に布切れを敷いただけの「住居」に戻った少年は、家族にカラスを披露した。みんな痩せていた。家族は一羽のカラスに拍手した。人として最低限の「食べられる喜び」を全身で表現しているのだ。カラスはカレーの具にする。彼らにとっては唯一の動物性たんぱく源である。

――小さなことに大きく喜ぶ世界。

はて、どっちか選べと言われれば、僕はどちらの世界をとるだろう。

ゴミ捨て場の家族

南インドのマイソール。マハラジャ宮殿で有名な高原の町である。市場でひと房のバナナを買って宿に向かって歩いていた。

公園に面した通りの一角にゴミ捨て場があった。異臭の漂うその前で、三〇前後の女性が腹這いになって苦しんでいた。息子らしい男の子が不安な顔で背中をさすっている。女性は声を発して悶絶し、嘔吐した。何かにあたったのであろう。波打つ胴体にはあばら骨が浮いて見える。止まらぬ嘔吐に、少年は手に負えなくなり、どこかへ走って消えた。少年に手を引かれて戻ってきた父親が、妻の背中をさすり、いたわりの声をかける。このゴミ捨て場の前の路上が彼らの寝床である。

気がつくと周りには人垣ができていた。

しばらくして女性の嘔吐が止むと、父子と周囲の人垣から安堵のため息が漏れた。三人の浮いたあばら骨に、僕は思わず手に持ったバナナを差し出していた。ほんの一瞬、躊躇した父親は、「ダンニャワード（ありがとう）」と言ってバナナを受け取った。

三人の後ろには、家族の一員だろうか、サルの母子が夜風に震えている。バナナを手にした父親を見ていて、僕は愕然とした。痩せ細った三人の親子に食べてもらおうと思ったバナナを、父親は何のためらいもなくサルに与えてしまったのである。人垣の中のひとりの男性が父親に声をかけた。父親が答える。

「わたしたちよりサルの方が腹を空かせています。食べ物を与えるのは当然のことです」

ところが、そのサルを見ていて、今度はひざが震えそうになった。

母ザルは、バナナの皮を一本一本むいた後、中の実を全《すべ》て子ザルに与えて、自分は皮だけを食べたのである。そして、それを見た三人の親子は、肩を並べて微笑んでいる。

以後十数年の月日が経つけれど、三人と二匹の家族の情景は、今もって僕の心に鮮明なのである。こんなにさり気なくて凄まじい「幸せの形」を、それ以前も以降も見たことがない。

校内殺傷事件。児童虐待。

テレビニュースが見るに堪えない。途中でチャンネルを変えることが多くなった。

そんな時、旅先の情景を思い出して精神衛生を保ったりしている。

旅先で流した涙●その1

ある文庫本巻末の解説文を書いた。本のテーマは「旅先で触れた人の温かさ」。が、そもそも僕に人の作品をあれこれ言う資格はない。そこで自分の体験を書いて解説に代えた。

二七歳のとき、会社を辞めて旅に出た。なぜ旅なのかと聞かれたら、衝動を抑え切れなかったとしか言いようがない。

旅に出るか会社をつづけるか。てんびんにかけたら前者が勝った。それだけだ。

背中にはバックパック（ザック）を背負った。

無職となり、すべてのしがらみと安定を捨てた僕には、他に何も背負うものはなかった。

東南アジアを陸路南下し、インドネシアの島々を渡り歩く。その後同じルートを北上し、ネパール、インド、スリランカと旅はつづいた。見るもの聞くものすべてが珍しく、気分は常にハイである。子どもの気持ちがわかる気がした。人にやさしくなれた。

ところが、日本を出て八カ月が経ったころ、不意に旅がつらくなった。夜ごと夢枕に母親が立つのだ。

「早く帰ってこい」

切実に訴えかけてくる。目覚めると胸が苦しく、一日が憂うつに過ぎていく。おまけに、一日三回カレーばかりの食事。閉じた瞼に、日本食が浮かんで離れない。うどん、味噌汁、つやのあるご飯……。強烈なホームシックだった。考えてみれば無理もない。高校生のころは、たかが三泊四日の修学旅行でホームシックだ。大学の下宿時代も、三カ月とあけず帰省した。意識のベクトルは故郷に向く性分なのだ。

そんなある日、たまらなくなって国際電話をかけてみた。クリスマスイブの朝だった。

電話に出るなり母は絶句し、泣き声で言った。

「生きてたんか……」

僕は旅先から週に一度はハガキを出していた。なのにどこに紛れたのか、二カ月あまりハガキは届いてないという。旅した国の郵便事情を考えれば無理もない。ばったり途絶えた連絡に、母は僕の身を案じた。四方八方手を尽くし、インド大使館に行き着いた。館員は言った。

「インドで行方不明になる旅行者は多いのです」

母は息をのんだ。

「パスポートを売って消えてしまう旅行者もいます。探しようはありません」

事務的に告げる館員の言葉に、母は僕の死を覚悟したという。

旅先で流した涙●その2

母が夜ごと夢に現れたのは、息子の死を覚悟した無念がそうさせたのか。国際電話で互いの無事を確認したあとも、切ない郷愁は胸をふさぎ、心はうつろだった。いっそのこと旅を中断し帰国して楽になるか。いやいや、生まれて初めて手に入れた期限なしの自由だ。思う存分旅をつづけるべきだ……。葛藤した。

南インドのティルチラパッリという町で、地べたに座ってインド象を見上げていた。壮大な城塞のあるヒンズー教の聖地で、インド全土から参拝客が集まっている。インド人とインド象以外、誰も来ないような場所である。

そこに何の偶然か、日本人の団体旅行の一行が通りかかった。驚いた。ひとりの女性が、地べたに座る僕に気づいて足を止めた。

「あら、日本の方？」

「はい」

「こんな所をひとりで旅してるの？」

その女性は僕の旅に興味を持ち、やさしく問いかけてくれた。話ははずんだ。

最後に「気をつけて旅してね」と言い残して、女性は去って行った。

久しぶりに会った日本人の言葉は、うつろな僕の心にやさしくしみた。母親くらいの年齢の女性だった。

僕はまたひざを抱えて、インド象と参拝客を眺めていた。

だいぶ時間が経ってから、さっきの女性が息を切らして戻って来た。忘れ物を取りに戻ったような顔だ。額に汗が浮かんでいる。

「あなた、たまにはお母さんに連絡してあげてる？」

それだけ言うと、女性はにこりと笑って背を向けた。

小さな背中は、インド人ばかりの人ごみの中にまぎれて消えた。

南インドの炎天下、そのひと言だけを告げるために、彼女は僕の前に戻って来てくれたのだ。弾む息と額の汗から、近くはない距離を走ってきたことがわかる。ほんの数分言葉を交わしただけの仲なのに、この温かさは何だろう。

女性の心づかいと母の心労が、渾然となって胸につかえた。

抱えたひざに顔を埋めると、涙が頬を伝って乾いた地面に落ちた。

女性の、そのひと言への感謝の思いから、僕はまた強い気持ちを取り戻し、旅を続けることができた。

昭和の最後の年の暮れのことだった。

バリ島の友

昭和最後の年、つまり今から一四年前に、インドネシアのバリ島でウキという地元の若者と知り会った。

バリ島を訪れる観光客はハネムーナーや若い女性グループが多い。そんな中で安宿を探し歩き、安い屋台で食事をする。島の空気に逆行した長いひとり旅の寂しさにくさりかけていたときだった。

暗い夜道を歩いていると、

「頭上に気をつけろ」

注意してくれる男がいた。落下したヤシの実が頭を直撃してよく人が死ぬという。

「いくら日本人が頭強いといってもヤシの実には勝てないぜ」

人なつっこい笑顔。ウキとの出会いだった。

それから二週間、若かった僕らは毎夜憑《つ》かれたように遊び狂った。

今は「幻の酒」とよばれるヤシ酒が、当時は路地裏の屋台で簡単に手に入った。地べたに座りこんで蚊を追い払いながら朝まで飲む。話は尽きない。夜が明けると、ウキのジープで山をビーチを走り回った。レストランに入ればウキとウキの仲間が勘定を払う。旅行者の僕に気を使って、どうしてもお金を出させようとしない。日本人の十分の一に満たない彼らの収入を思うと、ありがたくて申し訳なくてたまらない。僕はバリ島に夢中になった。

彼らはよく、「なあヒロ、何かあったらすぐに言ってこい」と言った。

バリ島では旅行者と地元の若者とのトラブルが多い。いつでも助けてやるから、といって体をペシペシ叩いてくる。

今から三年前にそんな話を書いた本を出したら、今年になって見知らぬ日本人女性から手紙が届いた。インドネシアの消印だった。彼女は最近離婚を決意してタイへ傷心旅行をしたという。そこで出会った日本人旅行者から一冊の本を借りた。半ばまで読んだ彼女は驚いた。夫の名前が出ている。九年間の結婚生活をへて憎しみだけが募った夫の、彼女が知らない一四年前の姿がそこにはあった。忘れかけていた夫のやさしさを見直したという。

インドネシアに戻った彼女は夫に訊いた。

「日本人のヒロって覚えてる?」

夫は笑って、タンスの奥から一枚の写真を取り出したそうだ。夫となる前の若いウキと僕が、仲良く並んで笑っていた。

「がんばろうね」

別れたあとの互いの人生にエールを送ることができた、と長い手紙は結んでいた。

幻の再会

高校二年の塾生がオーストラリアに出発した。三週間のホームステイ。英会話力はもちろんのこと、当地での経験は生涯かけがえのないものとなるだろう。

僕は会社員時代の出張を除けば、英語圏の国には行ったことがない。大学時代にチャンスはあったけれど、親に費用を負担させるのが忍びなくて断念した。

初めて海外に飛んだのは就職して三年目だった。

行き先はインド。英語圏と呼べなくはないが、ただの旅なので語学力がどうこう言える次元ではない。とうてい英語とは思えないインド人独特の舌を巻く発音と、インドという国が持つ地と人のエネルギーに、こっちが舌を巻いて帰ってきた。

僕が高校生の頃は、海外に行くなど夢のまた夢だった。その代わりというわけではないが、海外文通をやっていた。中でもスリランカの同い年の女の子とは長く続いた。かの地の人がどんな顔をして何を食べているのかも知らない。好奇心だけを原動力に英文を書いていた。手紙は船便で送る。数十円の切手代を節約するためだ。長いときは数カ月返事を待つ。まだそんな時代だった。

その彼女が一度だけポストカードを送ってくれたことがあった。山の斜面に広がる整然とした茶畑の写真だった。

彼女は裕福な宝石商の娘で、あるとき、

「父の仕事で東京に行きます。会いましょう」

と書いてきた。高校生の僕には、東京まで行くお金も勇気もない。スリランカからやって来る人に「東京は遠いです」とは言い出せない。

返事は滞り、彼女との文通はそれっきりになってしまった。以降、思い出すこともなく時は過ぎた。

一〇年後、僕は長い旅に出た。旅は中学生の頃からの夢のひとつでもあった。

一〇カ月目にスリランカに入った。茶畑を望む山道を歩いていて、思わず足を止めた。初めての土地なのに、なぜか懐かしさを感じたのだ。

雨のあとの色濃い緑。昔どこかで見た光景だった。一〇年間の空白を超えて、彼女のポストカードの写真と淡く切ない記憶が蘇《よみがえ》ってきた。

たかが東京に会いに行くことさえできなかったのに、はるかスリランカの地に今自分が立っている。不思議な感慨。

一度忘れ損ねた思い出は、今度こそ深く胸に刻みこまれた。

笑顔の障害者●その1

夏休みに、大阪から小学一年生の甥がやってきた。初めてのひとり旅だ。体が隠れるほどのザックを背負って、高速バスから降りてくる。運転手が席を立ち、見守っている。

乗車時に母親から頼まれたといって、見知らぬ男性が甥につき添って降りてきた。手には甥が持ち切れない大きなカバンを抱えている。男性はそれを僕らに託すと、何事もなかったような顔でバスに乗り込み、行ってしまった。

走り出したバスに向かって、僕らは頭を下げた。初めてのひとり旅は不安でしかたなかったろうに、親切な大人たちに囲まれて、甥は元気に降り立った。

高速道路の停留所を出たところで、年老いた旅行者が途方にくれていた。駅まで出たいのだが、アクセスがわからないという。ここは山の中だ。はて、駅まではバスが運行していたはずだが。

見渡したところ、乗り場も案内も見当たらない。真夏の黒いアスファルトの上は、暑さのため、息をするのも苦しい。高齢の男性にはきつかろう。

僕は荷物を置いて走ってみた。バス乗り場は見つかった。男性は何度も頭を下げていた。甥が親切を受けたこともあるが、旅行者にやさしくなれる特別な理由が僕にはある。

南インドの小さな村だった。

はたけばいくらでも砂ぼこりが舞い上がるような砂利道で、灼熱の陽射しを避けて木陰にすわっていた。いつ来るともわからないバスを待っていたのだ。

そのとき、視界の隅を形容しがたい人の影が横切った。

その残像は、衝撃的だった。物乞い？　インドには、哀れみをかうために両手足を切り落とした物乞いがいる。毎日何回も囲まれる。そんな旅の途中だった。僕はその影から目をそらした。関わりたくなかったのだ。

意に反して、その影は体を引きずるようにして僕に近づき、背後から声をかけてきた。

「ハロー」

思いがけず紳士的な口調だった。振り向いて、僕はひるんだ。はたして、その人には両手足がなかった。いや、正確にいうと、肩から未発達な手の指が伸び、骨盤からは足の指が伸びていた。それぞれの指は、第一関節までしかなく、水ぶくれしたように腫れている。極度な障害者だった。その姿に、僕は不覚にもたじろいでしまった。

笑顔の障害者●その2

僕の動揺をよそに、彼は人を包み込むような笑顔で立っていた。

端正な顔立ちと立派な胴体。物乞いではない。

僕は失礼のないように、彼の目をまっすぐ見返した。

「どちらから来ましたか?」

丁寧な言葉だ。正確な英語の発音と知的な顔からは、教養の高さがうかがえる。僕は彼の瞳の美しさに魅了されながら、質問に答えた。話は続く。異国でひとりでいる僕を彼はかばい守るように話しかけてくれる。

やがて砂けむりを舞い上げて、バスが来た。

「ちょっと待っててください」

彼はそう言うと、体を右に左に大きく揺らしながら、停車したバスの前に躍り出た。

「このバスですよ!」

障害者の彼は、健常者の僕のために、バスの行き先を確認してくれたのだ。

「ありがとう」

このときの思いは、そんなひと言ではとても言い尽くせないが、とにかくありがとうなのだった。彼は再びいたわるような笑顔を見せた。いたわるべきは僕の方なのに。

バスに乗った。握手をして別れを告げようと思ったが、果たせなかった。

バスの中から、もとの木陰に戻る彼の姿が見えた。すでに道の彼方を見つめている。

僕は何かとても大切なことを言い忘れたような気がして、もう一度彼と目を合わそうと試みた。謝らなくてはならない。物乞いだと勘違いし、姿形にひるんだ失礼を、僕は謝らなければならないのだ。じゃなければ、一生後悔しそうな気がした。

「こっちを向いてくれ」

動きはじめたバスの中から念じてみる。

そのとき彼が僕を見たのは、単なる偶然ではなく、彼のやさしさゆえだろう。

あの日本人は無事にすわれたのだろうか。そんな親切心でこちらを見てくれたにちがいない。

ともあれ、彼と目が合った。

彼がにっこりと微笑む。

僕もつられて笑った。伝えるべき思いをこめて、僕は夢中で手を振った。排気ガスと砂けむりの向こうから、彼は短い小さな手を、懸命に振り返してくれたのだ。

彼の姿が遠くなる。僕の何百倍も温かそうなその笑顔を見て、人の幸せの尺度というものを柄にもなく考えたのである。

　こんな旅をしてきたから、僕も旅人にはやさしくなりたいと思っている。

近くて遠い国

韓国の田舎で温泉につかってきた。

山は見事に紅葉していた。韓国は「近くて遠い国」とよばれる。そうさせたのは日本だが、彼らが個々の日本人に冷たいわけではない。人は親切で世話好きだ。道で地図を開けば、「どこへ行く」と人が集まって来る。食べ物は世界一うまい。だから旅して面白い。と僕は思う。

ソウルの仁川（インチョン）国際空港の到着ロビーで、中央アジア系の男性が困り果てた顔で突っ立っていた。

出迎えが来る約束らしいが、待ち合わせ場所がわからないという。空港には「ミーティングポイント」という待ち合わせ専用の一角があると教えてあげて一緒に歩いた。

男性はネパール人だった。ネパールは僕の大好きな国のひとつですよと話すと、彼は子どものように喜んだ。

でもネパールも変わりましたね。首都カトマンズでは、女性もジーンズをはき、車の台数は牛の数を超えた。一〇年前は、すべての女性がサリーをまとい、土ぼこりの先には白く輝くアンナプルナがあった。夢のような光景だった。空気が汚れた今、カトマンズからはもう山は見えない。

男性が渋い顔でうなずく。

ファストフード店もできた。欧米文化がどんどん入る。伝統と文明のバランスはうまくいかないね。

歩きながら、そんな話をした。

ミーティングポイントで、彼は将棋のコマのような顔をした韓国人の友人と無事会えて、抱き合って喜んでいた。

仁川国際空港は、今年の三月に開港した韓国最大の新空港だ。天井が高く、人のざわめきが心地よくこだまする。空港内が閑散と見えるほどに巨大だ。テロの影響で旅行客が減ったというが、三月末に来たときも同様だった。少々の人の増減ではびくともしないキャパシティーなのだろう。開港前から日本のメディアでもずいぶん話題になった。

昨年韓国を訪れた日本人は延べ五三二万人。来年はサッカーワールドカップも共催される。現行の中学校の授業では、「韓国の代表的な空港」が「金浦国際空港」だと教えている。仁川国際空港ができる前の古い空港だ。アップデイトされない錆びた情報。それを暗記させられる生徒。させる教師。まして、その章のテーマは「アジアの近隣諸国に目を向けよう」だ。
「近くて遠い」は、そんなところから歩み寄るべきだと思うのだが……。

イルボンの誤解

初めて韓国に行ったとき、町の光景にぼう然とした。きらめくネオンには漢字はおろか、アルファベットも見当たらない。風景はハングル一色だった。隣りの国だというのに、想像以上の異国情緒だ。

その夜遅く、ふらりと焼き肉屋に入った。身振り手振りで注文する。そこにホームレス風の男が現れた。店員の制止を押し切り入ってくる。客は僕ひとりだ。男は僕のテーブル脇に立った。破れたジャージからひざが見えている。真冬だというのに裸足にサンダル。男は激しい口調で何か言った。韓国語。声の迫力に、僕はたじろいだ。

過去の歴史から、韓国の人にはうしろめたさを感じていた。自分が生まれる前の出来事だけれど、日本人として無理もない感情だと思う。

韓国人は日本人に敵意を持つ。そんなバカげた偏見と被害妄想から、ひどい恐怖に襲われた。男の視線が僕を射る。ことばがわからないので、僕は身を固くするのみだ。

いらついた男が、再びど迫力の声をあげる。

「襲われる!」

席を立とうとしたとき、女性店員が男にしがみついた。

「イルボン」ということばが聞き取れた。

男はとたんに態度を変え、頭を下げて店を出て行った。物乞いだ、と店員が身振りで教えてくれた。あなたを韓国人だと思ってお金を無心しただけだ、と。男の口調の激しさは、韓国語特有の「激音」「濃音」という発声のせいにすぎなかった。

翌朝、また同じ男と会った。僕に気づくと走り寄ってきた。低く太い声で何か言い、彼はまるで土下座でもしそうな勢いで深々と頭を下げた。昨夜のことを詫びているようだ。足の横に添えた両手は、指先までぴしりと伸びている。

昨夜僕は、その身なりと被害妄想から、彼を暴漢だと誤解した。

その失礼を詫びようと同じように頭を下げた。ことばの通じない者どうしが、歩道の真ん中で腰を折った格好になった。

男は頭を下げたまま、まだ何かつぶやいている。僕はこの国が一気に好きになるのを感じていた。

「イルボン」は「日本」という意味だとあとで知った。敵意どころか、日本人だと聞いて、彼は紳士的に接してくれたのだ。

今年は日韓国民交流年だ。これから両国が真の意味での隣国になれるよう祈りたい。

帰りのバス●その1

運転手に運賃を払ってバスに乗った。

ソウル市内発インチョン国際空港行きバス。座席につき、ザックをひざに乗せる。乗客は僕ひとりだ。まだ発車まで数分ある。短いひとり旅が終わろうとしている。

窓の外では、行商の荷物を抱えたアジュマ（おばさん）の団体が、大声で話に夢中だ。この国のアジュマは元気がいい。

東京で会社勤めをしていたころ、夜遊びがすぎるとよく始発電車で帰った。がらんとした週末の朝いちばんの電車内には、遊び疲れた勤め人たちが発散する気だるい空気がよどんでいた。

そんな中に、どこから来てどこへ行くのか、この時代の東京には似つかわしくない行商のおばさんたちの姿があった。体の何倍もありそうな風呂敷包みを抱えてすわっている。彼女らの放つ匂いは、遊び疲れた朝帰りの僕らの体をやさしく包んでくれた。僕らは故郷のふとんの中で眠るように電車の揺れにまどろんだ。

きのうの朝、この韓国の温泉街でひとりのアジュマに出会った。

二年前に初めてやって来た韓国も、はや六度目になる。首都ソウルをはずれた田舎の温泉地ばかりを回っている。きのうは山あいのスアンボ温泉という街で、早起きをして朝もやの中を歩いた。ソウルからバスで数時間のところにある。散歩のあとの朝風呂を楽しみにどんどん歩いていくと、もやの奥に川が流れ、小さな市場が現われた。市場には漢方薬や山菜が並び、それをひやかし歩いていると、朝げのいい匂いがしてきた。

大鍋からあがる湯気の匂いに誘われて一軒の食堂に入った。テンジャンチゲ（みそ鍋）を注文する。すると、出てくる出てくる。キムチ、山菜、小魚、酢の物……。全部で八皿。それにごはん。これだけでも食べきれないのに、最後にメインのテンジャンチゲが、石鍋の中でぐつぐつと音をたてながら登場した。これで四〇〇〇ウォン（約四〇〇円）。

石鍋の中の赤とうがらしをハシでよけ、ナスや白菜、豆腐をつつく。辛さと熱さで、じきに口の中が火がついたようになる。ひたいに汗がにじむ。火だるまの口に冷たいキムチをほうり込む。……火に油だ。そこで大根の酢の物にハシを伸ばす。かすかにヒンヤリと火が静まる。

帰りのバス●その2

汗をぬぐいながらテンジャンチゲを食べる僕を、となりの食堂のアジュマ（おばさん）がじっと見ている。やがて茶わんを手にして近づいてきた。白いにごり酒がなみなみ入っている。トンドン酒といって、日本のどぶろくにあたるものだ。

アジュマは「暑いならこれを飲め」と茶わんを置いた。

なるほどトンドン酒は朝の冷気でうまいぐあいに冷えていた。ナツメが一個と松の葉、漢方の茎、何やらの根っこがこん然となって浮かんでいる。一杯の茶わんの中にこれでもかとあらゆるモノが漂い、極上の香りを放っている。

ひと口、飲む。……うまい。

僕の顔を見つめていたアジュマが訊く。

「あんたは日本人か」

うなずく。韓国では会ったばかりの人とはあまり国のことに触れないようにしている。僕の韓国語ではしょせん、たいした話はできもしないが。

ところがアジュマは身を乗り出して、何かを訴えかけるように熱く語り始めたのである。言葉が通じてないことなど気にもとめず、口に泡して話したてる。

テンジャンチゲのハシをとめて僕は彼女の口元に目を凝らし、ことばを理解しようと努めた。というか話を想像した。で、わかった。

日本の九州で私の親は死んだんだ。彼女は言う。

僕はとりあえず話はわかったと顔をたてに振った。そのあと日本の過去についてアジュマが何を言い出すか。そのときは黙って聞いてあげよう。そう決めた。

ところがアジュマは、僕が話を理解したとわかると、それまでの眉間のしわがウソのようににっこりと笑い、となりの自分の食堂へ風のように走って帰ったのである。

再びもどってきたアジュマの手には、トンドン酒がたっぷり入った巨大なびんが握られていた。日本に持って帰って飲め、と言う。

そうか。アジュマはただ日本人と話ができたことが嬉しかったのだ。

そのあとバスを乗り継ぎソウルに着いた。宿で、まぶたに焼きついたアジュマの笑顔を肴にトンドン酒を飲んだ。こうじとナツメの香りが部屋中に広がった。

やっぱり旅はやめられないな、とため息をついたところで、ブルンとバスのエンジンがかかった。ふと周りを見ると、乗客は六人に増えていた。
バスは空港に向けてゆっくりと走り出した。

ラープ●その1

七月。

タイの首都バンコクから夜行列車で一〇時間。闇の中をひたすら北へ走ると、早朝「ウドンタニ」という香川の親戚みたいな名前の町に着く。地元の人は略して「ウドン」とよぶ。わかってはいても、その声を聞くたび振り返ってしまう。するとタイ人が意味もわからずニコニコ笑っている。タイの人は、相手が外国人だろうと目が合うとにんまりと微笑む。だから旅が気持ちいい。

それにしても朝から暑い。

小型トラックでさらに北へと走る。めざすはメコン川。

舞い上がる土ぼこりで視界がかすむ。トラックの荷台にとり付けた座席は、鉄板の上にビニールを敷いただけのものだ。固い。道は穴だらけ。車ははずむ。オ、オシリが痛い。

小型トラックを何度か乗り換えてメコン川に着く。長い橋を渡ったところで書類を埋め、ビザを取るために人の列に並ぶ。何度も汗をぬぐう。

そうやって入国審査を終えるとラオス入国だ。

ダットサンの荷台に幌を付けただけの乗合いタクシーに乗り込む。今度の座席はむきだしの木。やはり固い。またでこぼこ道を走る。というより、跳ねる。派手なのはエンジン音ばかりで、時速はせいぜい三〇キロ。幌の天井が低いため、立つことはできない。散々痛ぶられたオシリをさすりながらタクシーを降りた。

ラオスの首都ビエンチャン。首都といっても人口四〇万人。小さな町だ。というより、村だ。ホテル以外に三階以上の建物は見当たらず、舗装道路もない。どろ道を赤い水たまりが覆っている。日本の田舎の農村を、さらに五〇年くらい昔にさかのぼらせたような風景である。

ラオスは敬虔な仏教国で、いってみれば広大な寺の中に国がある。そんな感じだ。

着いた日の夕刻、メコン川のほとりで地元の高校教師と知り合い、屋台でビールを飲んだ。肴は地元料理のラープだ。唐辛子のきいたミンチ肉料理。

「ほら、そこ。裸電球が揺れてるでしょ。おとつい爆破テロがあった場所です。六人が死にました」

日本では報道されない東南アジアの小国の事件。僕らが座る場所からほんの数メートルの所で裸電球は揺れている。高校教師は国の恥をさらすのが心苦しい、そんな思いを込めてか肩をすくめた。

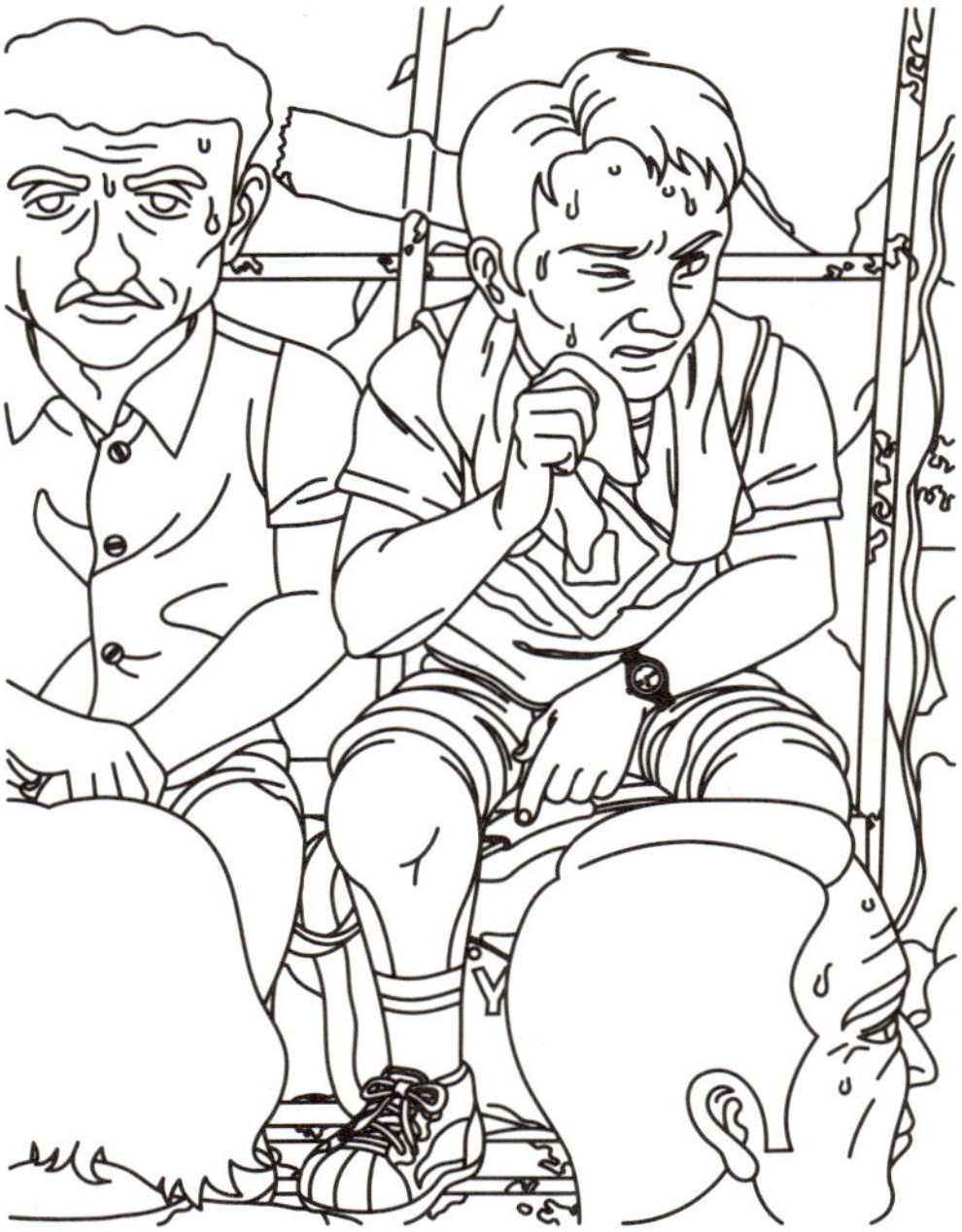

ラープ● その2

隣の客が食事を終え、テーブルを離れた。

と、土手の暗闇から数個の小さな影が躍り出て、テーブルの残り物をあさり始めた。裸電球に浮かび上がったその顔は、まだ一〇歳くらいの子どもたちだ。ストリートチルドレン。皿を舐め、野菜をわしづかみにする。グラスに残ったビールまでをも飲み干した。

あっという間のできごとだった。子どもたちは再び暗闇に消えた。

夕食をつきあってくれた礼を述べて、高校教師に別れを告げる。

「もう行くのですか。まだ料理はこんなに残ってますよ」

追いかけてきた声に、僕は片手を挙げて応えた。

僕が去ったテーブルを、再び土手から飛び出した子どもたちが取り囲む。その姿を直視できずに、僕は背を向け屋台を出た。

街灯のない暗い道を、ひとつの小さな影がついてきた。僕がひとまたぎする水たまりを、その影は小さな歩幅で大きく迂回する。暗くて長い道のりを、頼りない足どりでついてくる。

小さなビアホールが開いていた。テーブルのひとつに座ると、うしろの影も立ち止まった。手招きすると寄ってきた。女の子だ。赤茶色に変色したTシャツは破れ、肩がむきだしになっている。細い裸足の足は泥まみれだ。

ウエートレスを呼んで事情を話し、通訳を頼んだ。

「歳は？」

「六歳です」

少女はよく動く瞳で、ウエートレスと僕の顔を交互に見た。

「なんでついて来たの？」

「あなたは、わたしたちのためにラープをたくさん残してくれました」

「……」

「あなたにお礼を言いたくてついてきました」

少女は胸の前で手を合わせると、ひざをちょこんと折った。ワイとよばれる合掌のあいさつだ。

「それだけのために君はついて来たのか」

少女はこくんとうなずいて、またワイをした。親もなく学校へも通えない境遇で、どうやってその心を持ちえたというのか。

そのあと僕は、少女が土手に帰るのをそっとあとからついていった。少女に幸あれと願いながら。

地元料理の「ラープ」とは、ラオス語で「しあわせ」を意味することをあとになって知った。

残照

何かの節目にふと夕日を見たりすると、必ず思い出す光景がある。

インド西岸の小さな漁村。

砂の上に建つバンガロー（といってもただの民家の離れだけど）で、朝日と波と夕日を眺めて過ごす日々。快適な退屈と怠惰な物思いがつまっていた。

ある朝、バンガローのドアを開けると、見知らぬ女性がいた。当時二七歳だった僕よりほんの少し年上に見えた。サリーの裾を、ときおり吹きつける海風に揺らしながら、じっと波打ち際を見つめている。

話しかけてもことばは通じない。ひとのバンガローの軒先にすわりこんで、でもここはインドだからそんなことは気にしていられない。女性のまなざしが何かわけありに見えたのでそっとしておいた。

日が高くなるにつれ、目が合えば微笑み、やがて肩を並べて海を眺めるようになった。

昼に彼女は手持ちの弁当を広げた。チャパティ（インドのパン）にカレーだけの質素な食事。昼過ぎにハーモニカを吹いてあげると彼女が初めて笑った。あとはひと言もしゃべらない。バンガローで働く若者に聞いてみた。この女性は朝からここで何を待っているのか。

「三年前に別れたご主人と、今日この場所で再会する約束をしているらしい」

日の出から日の入りまでの間に会おうと約束したという。約束の時間の決め方もインドらしい。詳しい事情はわからない。聞きもしない。はっきりしていることは、彼女は三年間ずっとこの日を待ち続けてきたということだ。

それからは若者も一緒になって三人で待ち人が現れるのを待った。

日は傾き、空が赤く染まった。僕らはじっと待ち続けた。

海に日が沈みかけたとき、彼女が立った。「帰る」という。

まだ日の入りまでには時間があるのに。言いかけて、いらぬおせっかいだと思いとどまった。

彼女は赤い夕日の中、肩を落として帰っていった。

あれから一四年が経った。僕はそのときの彼女の年齢を超え、僕の中の彼女は年下の女性となった。

あの一日が彼女にとってただの悲しい一日ではなく、何かが始まる節目となっていればいいのだけれど。

僕の長い旅はその後まもなく終わり、新しい人生が始まった。

クンナの門出

インド東岸のプーリーという町に、サンタナ・ロッジという安宿がある。一泊二食付き三〇〇円。ヒッピー風の旅人たちが集まる。

僕がひと月ちかく逗留した一四年前、宿の長男のクンナはまだ一七歳で、目覚めてから寝るまでずっとにこにこ笑っている少年だった。僕ら宿泊者は毎朝、クンナが枕元に添えてくれるジャスミンの花の香りで目覚めていた。

「日本に行きたい」というのがクンナの口ぐせだった。しかし職なし地位なしのヒッピー旅行者に、インド人来日のめんどうを見る甲斐性などあるわけがない。

日本に来てもロクなことないよ、とお茶を濁していた。

その四年後。僕は長旅から帰国して仕事を始め、結婚もして新居でテレビを見ていた。

すると、ここは日本だということを忘れさせてくれるような笑顔のクンナが出てきたのである。

おお、いつ日本にやって来たのだ。すぐにテレビ局に問い合わせたけれど、連絡先はわからない。

それから また何カ月か過ぎたころ、今度は料理番組でにこにこしながらカレーを作っている。テロップが出た。大阪難波のインド料理店「サンタナ」。

電話をかけた。

「覚えてる?」

「声だけではわからない」

それなら、と大阪へ会いに行った。人ごみの中、クンナは飛びついてきた。

クンナは一九歳で来日していた。日本での最初の仕事は低賃金のビラ配り。それでも喜んでやっているうちに、「おもろいインド人がいる」と評判になり、神戸でカレーショップを一軒任された。

が、まもなく地震で崩壊。

しかしその人柄と笑顔が噂を呼び、大阪のカレー屋に引き抜かれた……はいいが熾烈な業界の人間関係に失望し失職。

そうする間にもクンナを慕う人は増えつづけ、やがて難波でインド料理店「サンタナ」を出すまでにのしあがった。

不況のあおりで周囲のライバル店は次々に閉店していった。しかしサンタナはクンナの笑顔ひとつで生き残った。

その間インドで大怪我をした妹や、大病の父親を日本に呼んで治療と生活のめんどうを見た。

先週一〇日、道頓堀・御堂筋西にサンタナは新装移転した。

日本でくじけるどころか、笑顔に磨きをかけたクンナの新しい門出を祝いに行こうと思う。

僕の見たテロ

テロが怖いのは何も爆破や暗殺だけではない。市民の生活からこぼれ落ちるこんな光景もある。

スリランカは渡航前に想像した「紅茶と宝石の島」のイメージとは大きくかけ離れていた。安宿で新聞を読むと「先月のテロ死亡者は八〇〇人」との見出しがある。人口千数百万人の国で、ひと月に八〇〇人がテロで死ぬという。

隣の記事にさらに驚いた。選挙が近づき、候補者同士の抗争が激化。

「候補のひとりが帰宅すると、皆殺しにされた家族の首がテーブルに並んでいた」

ぞっとして思わず周囲を見回した。

そこへ宿の娘がやってきた。

「父にたばこを一本いただけないでしょうか」

この国ではたばこは一本一円でばら売りされている。それが買えない経済事情。

少女の不安げな顔に笑みが浮かびますように。三本握らせると母屋に向かって勢いよく走った。

えらいところへ来てしまった。

国情など何も調べずに来たことを悔いていると、今度はオーナーの奥さんが現れた。

「夕食の買い出しに行きたいけど、お金が足りません。宿泊代を前払いしてくれませんか」

夕食付き一泊四〇〇円分のルピーを渡す。

「あなたはビールを飲みますか」

うん。売り上げに協力するために、「コーラも飲む」と答えると、女性の表情が少しだけ和らいだ。

やりきれない思いで外に出る。小さな食堂に入ると、酒に酔った中年男性がすっ飛んできた。

「あなたは日本人か？」

うん。

「お願いがある。わたしの保証人になってくれないか。日本に出稼ぎに行きたいのだ」

いきなり哀願された。旅の途中だ。そんな甲斐性はない。しかも相手は初対面の酔っ払いだ。

ヤシ酒を一杯だけ飲み、逃げるようにして店を出た。

自分の父親ほどの歳の男に「生活を託す」と言われる空気が耐えられなかったのだ。

どれもこれも発端は国内の政情不安定、民族間抗争。究極にはテロがある。

「冷蔵庫にビールとコーラを入れておいた」

宿に戻ると奥さんが言う。

家族共用の古びた冷蔵庫を開けると、がらんとした中にびんが二本、横倒しに入っていた。

あとは空っぽ。野菜ひとつない。

ビールを取って戸を閉める。ゴロン。コーラが転がる虚しい音が響いた。

僕にとっての最も強烈なテロの光景だ。

いろいろな旅

四年前に本を出したおかげで多くの人と知り合えた。

旅の本だから読者も旅好きの人ばかりで、なかにはこんな旅の話もある。

千葉県のMさんは三〇代の男性。おととしの夏、奥さんを連れて四国まではるばる会いに来てくれた。足の不自由な老いたおばあさんもいっしょだった。彼と奥さんが両脇を抱えるように寄り添っている。

「うちのばあちゃんです」

初めて会うのに一〇年来の友人のようにMさんは笑った。

「うどんが食べたいというので連れてきちゃいました」

うどん店に入ると、席の確保から割りバシまでかいがいしくおばあさんの世話をやく。

Mさんが席をはずしたときに、

「よくできた孫です」

おばあさんが相好をくずした。Mさんがどれだけおばあさんを大切にし、大切にされてきたのかを偲ばせた。

ぶっかけうどんを前にしたおばあさんは手をたたいて喜んだ。

僕らはゆっくり話をして「また香川に来てくださいね」と別れた。

その後おばあさんは肺を患い衰弱していった。

「うまい空気を吸いに行こう」とMさんは北海道へ連れて行き、この春には二人きりでタイの古都チェンマイを旅した。そこの一〇八〇メートルの山頂にある古寺を訪れるのが、おばあさんの長年の夢だったそうだ。千葉から彼は車いすを押しつづけた。成田空港からバンコクを経由してチェンマイに着いた夜、ホテルのベッドでようやく車いすから手を放してひと息ついた。

翌朝、ふもとでおばあさんを背負った。山登りが始まった。

流れる汗が目に入り道がにじむ。四月は、ただでさえ暑いタイが一年でもっとも暑くなる。

「もういいよ。じゅうぶんだよ。帰ろうよ」

背中のおばあさんがささやく。

山頂での彼女の笑顔を想像すると、やめるわけにはいかなかった。彼は一〇八〇メートルを登りきった。

「行って本当によかったですよ」

帰国後、話してくれた。

今月に入って、Mさんからメールが届いた。

「ばあちゃんがいよいよ『長い旅』へ出ようとしています。今度の旅にはもう僕もついて行けそうにありません。手を引くことも背負うこともできません」

おととしの夏、Mさんのとなりでうれしそうに微笑んだおばあさんの姿が目に浮かんだ。

花束の似合う人

もと国際線スチュワーデスの友人と話をしていて、なるほどと唸ったことがある。

林真理子氏のエッセイの中に「キャスターを引いて空港内を闊歩するスチュワーデスにあこがれる。彼女らはあの瞬間にもっとも誇りを感じるのではないか」というくだりがあった。

友人に訊いてみると、「まさに、そう」と答えが返ってきたのだ。

その友人が一度こんな乗客に出くわしたそうだ。高度一万メートルの上空で、ひとりの白人男性客が突然シートに横すわりになり、通路に身を乗り出してアタマを洗い始めたという。水もシャンプーもない。通路を指差して、

「ここに川が流れてるでしょ、だからアタマ洗うの」

とゴシゴシやる。百戦錬磨の友人はその乗客の目を見て、あっこれはアブナいクスリだとピンときた。相手に話を合わせて洗髪を手伝ったそうだ。華やかさの裏に、そんな任務もある。

ところで僕は、空港内を闊歩するスチュワーデスの一団を、ひときわ意識して見つめたこと

がある。三度目の海外旅行で、成田空港を今まさに飛び立とうというところだった。見送りの人からもらった大きな花束を、このまま渡航先まで持って行くのはやっかいではないか、と。搭乗する前に人に譲ることにした。すると、来る来る。風を切って歩くスチュワーデスの集団が、目の前を横切るのである。こっちから日本人、あっちから南洋系の女性と。

ゲート前のカウンターにはグランドアテンダントの姿も見られる。着飾った乗客たちもいる。いずれ劣らぬ麗しき女性ばかりである。この花束を献上するのにふさわしい人物はだれか。目をこらした。

と、僕のかたわらを、背中を丸めて通り過ぎた清掃係のおばあさんがいた。華やぐ乗客たちの間を、黙々とゴミ集めを始める。その背中に吸い寄せられた。

そっと近づき、胸の前に花束を差し出す。

「これ、もらってくれませんか」

おばあさんは驚いた表情を見せ、それから遠慮がちに軍手をはずした。体が隠れてしまうほどの花束を抱えて、

「こんなお年寄りに似合うかしらねえ」

照れくさそうに目を細めた。花束と引き換えに、僕はおばあさんの笑顔を胸に抱き、空を飛んだ。いい旅ができる予感がした。

Ⅱ サラリーマン時代〜Uターン

巨漢のS課長●その1

大学卒業後に就職した会社では、輸入課という部署に配属された。主にアメリカ製の光学系製品の貿易業務を担当する課である。一〇人の課員を束ねるのは四〇を過ぎたばかりの巨漢のS課長だった。一八年前のことになる。

貿易の「ぼ」の字も知らない僕は、それはそれは緊張して、英文タイプやテレックスファイルの並ぶオフィスの一角に足を踏み入れた。

配属初日、借りてきたネコ状態の僕に、先輩社員が言った。

「ためしに電話でも取ってみれば?」

奨められるまま、やさしい電子音を鳴らす受話器のひとつを取ってみた。

新入社員にとっては電話一本取るのも大勝負である。手も声も震えたのを覚えている。

聞こえてきたのは、忘れもしない、まこと奇っ怪な言語だった。僕は体を乗り出し、耳に跡形が残るくらいに受話器を押しつけ、相手の不思議な言葉を聞き取ろうと集中した。先輩課員やお姉さんOLたちは軽い好奇の目を僕に向ける。この新人はどんな応対をやってのけるのか。

何度か聞き返してようやく理解できたのは、電話の相手はフランス人で、「デルモンテ」という朝の爽やかな野菜ジュースのような名であるということ。

デルモンテ氏はボソボソとグチをこぼすようななまりの強い英語を発し続けた。それでもなんとか、氏がS課長と話したい旨を聞き取り、僕はほうほうの体で内線ボタンを押して受話器を置いた。

S課長は、そんな僕の電話応対を、大人が子どもを見守るような目で見て笑っている。

「フランスのデルモンテさんからお電話です」

「ありがと、クロちゃん」とかなんとか言って、S課長は巨体をひねり、受話器に手を伸ばした。

このごつい体のおじさんはどんな英語を話すのだろう。僕は興味津々、聞き耳を立てた。先輩OLや他の課員たちは何事もなかったかのように黙々と業務をこなしている。

受話器をおもむろに耳に当てたS課長は、僕の予想を裏切り、ひと言の英語も発することはなかった。英語など軽々と飛び越え、S課長はその巨体と赤らんだ顔に似合わぬ流暢なフランス語を話したのである。話しながら僕を見て笑い返すほどの余裕を見せている。

「クロちゃん、フランス人には英語なんかよりフランス語だよ」

S課長は電話を切ると、こともなげに言った。これは強烈なカルチャーショックだった。

巨漢のS課長●その2

ただの太ったおじさんに見えたS課長は、英語は言わずもがな、流れるようなフランス語を話した。回ってくる書類は難解な専門英語。先輩課員たちはそれを当然のような顔で働く。ここが自分の職場だと思うと、まだ残っていた学生気分から一気に目が覚めた。

新人歓迎会の夜、朝方近くまで飲んだ。

夜がしらじらと明けはじめた頃、へべれけになって寮に帰る。部屋にたどり着くや若い力を振り絞り、すぐにスーツを着替えて会社に向かった。ふらふらである。こんな時こそと思い、いつもよりずっと早い時間に出社したのに、S課長はすでに席についてニコニコ笑っていた。ついさっきまで浴びるように飲んでヨタついていたのである。年齢も僕より二〇も上なのだ。

「大丈夫だったんですか」

尋ねると、S課長は笑ってとぼけた。

大きなお腹のS課長のことを、輸入課の先輩たちは「G習院大学の相撲部出身だ」と僕に吹き込んだ。S課長も笑ってばかりで否定しないものだから、僕はずっとそれを信じていた。

あるとき、S課長の怒りが爆発したことがある。地下鉄の駅員に道を尋ねたら、その若い駅員はアゴをしゃくって答えたのだ。二度尋ねて、二度ともアゴをしゃくった。

S課長は静かに進み出て、やさしい声音でささやいた。

「ダメでしょ。そんな態度では」

言いながら、駅員の胸ぐらを掴み、前後左右に揺すったのである。駅員は顔を真っ赤にして、それまでの横柄な態度が嘘のように平身低頭、謝った。

「彼の将来のためなんだよ」

S課長はいつものようにとぼけて言った。

S課長の下で働くこと五年。

遠く海外まで研修出張に行かせてもらいながら、僕は身勝手から辞意を表明した。S課長は目をむいて驚き、気の毒になるほど懸命に慰留してくれた。

最後の別れのときに、S課長と握手をした。

万感の思いをこめて力の限り握りしめるはずだった僕の右手は、S課長の大きな掌に包まれて、まるで赤子の手をひねるように遊ばれた。

「さすが相撲部ですね」

「あれはね、クロちゃん。冗談なんだよ」

またとぼけて言った。

今、僕はそのときのS課長の年齢に近づいた。でもそのスケールには、到底かないはしないのである。

年収

週に一度、仕事帰りに赤ちょうちんに寄る。それ以外は、ひとりで飲食店に入ることはめったにない。

仕事がら、日中は家にいることが多いので、基本的には一日三食を家で食べる。が、そこは香川の人間、昼はかなりの頻度でうどんを食べに出る。週に三度。これは妻と一緒である。

そんな話を東京の会社員時代の友人にしたら、驚きのあまりのけぞっていた。

「週に三回もうどん食うのか」

いや、うどんは家で食べることもあるから、週に三度は控えめに言った回数なのだが、これは信じてもらえそうにないので黙っておいた。

話をしていて、その同い年の友人の年収は、僕の三倍であることを知った。

これは僕が会社を辞めるときからいずれはそうなるとわかっていたことだから、正直言うとさして驚きはしないものの、やはり具体的に数字を聞かされたらちょっと力が抜けた。

で、三倍の年収を何に使うのかと訊いてみたら、

「よくわからない」

「でも、たとえば着るものは？」

「昔と同じだよ」

お金がなくていつも困っていた（気がする）二〇代の頃と何も変わらないと言う。毎日スーツ着て会社に通っているのだから、そんなものなのだろう。それでもお金は貯まらないと言う。

「じゃ、毎日何食べてるの？」

「昔と同じ」

独身寮に入っていたころと食生活も同じだ、と。朝はほとんど抜き。たまにパン食、昼は会社の近所で定食、夜は酒場で会社の仲間と。

なるほど。僕もそうやって五年間、東京での会社員時代を過ごした。

さらに聞くと土、日はかろうじて家で食べるらしい。一家全員がそろい、子どもと会うのはその土、日だけだそうだ。

「会うったって、同じ家に住んでるんだろう？」

「まあね」

朝は子どもが眠っているうちに家を出て、夜は寝静まってから帰宅する。

「土、日に会えないこともある」

「……」

ずいぶん忙しそうだ。

「家族で旅行は行ってる?」

「うん。東京ディズニーランドとか」

彼は千葉県在住である。同じ県内ではないか……。

で、三分の一の年収の僕が彼に勝っている面といえば、それはもちろん何もない。

ただ、毎日家族の顔を眺めることができ、週に三回好きなうどんを食べていられること。これが意外に大きかったりする。

N先輩の「何か」

東京で会社勤めをしていた頃、同じ課にNさんという一風変わった先輩がいた。あまり人づき合いをしない人で、社内でも変わり者で通っていた。独身社員はみんな寮に入って楽しくやっているのに、Nさんはそれを拒み、ひとりでアパートに住んでいた。

変わってはいたが、「何か」を胸に秘めたようなまなざしを持った人だった。

ときおり、

「これ読んでみて」

と言って、当時まだ珍しかったワープロ打ちの文章を、Nさんは僕の机に広げて見せた。彼の真意を知る由もない僕は、ただその原稿の内容が面白くて、げらげら笑いながら読んでいた。

それから時は流れ、僕は会社を辞め、「何か」を求めて世界一周の旅に出た。

帰国後、香川に戻った僕は今の仕事を始め、結婚をして子どもが生まれた。

Nさんとは手紙のやり取りだけのつきあいになっていた。

そうやって一五年が過ぎたある日、Nさんから電話があった。

「今度、僕の本が出るんだ」

あの頃Nさんがひとりで過ごした長い時間の意味を、このとき僕はようやく理解した。

Nさんはあれから一五年、ずっとひとつの「何か」を追って、モノを書き続けていたのだ。

Nさんの作家デビュー作は、いきなり三〇万部を売るベストセラーとなった。やがてNさんの顔をテレビや新聞、雑誌で見かけるようになった。

ベストセラー作家となったNさんは会社を辞め、事務所を設立した。

変わり者と言われながらも、自分の生活スタイルを貫き通したNさんを支えたものは、「何か」に対する思いの強さだったにちがいない。昨日より今日、今日より明日と、彼は確実に「何か」に近づき、ついにそれを手に入れた。

「何か」とは「夢」と呼んだりする。

自分は昔何を夢見ていたのか。

この季節にそんなことを思い出してみるのも悪くはない気がする。

N先輩の頭の中

昔働いた会社の輸入課では、月曜の朝いちばんに恒例のミーティングがあった。課長の「さあっ」のひと声で、一〇人の課員が会議室に集合する。

輸入課のおもな仕事は海外の取引先との通信だ。毎朝机の上には、アメリカやヨーロッパからのテレックスが届けられる。まだ電子メールのない時代だ。時差があるため、テレックスは日本が夜のうちに届く。英語、フランス語、スペイン語とバラエティに富んだ。今思うとなかなかにアカデミックで刺激的な職場ではあった。

半面、地味な仕事もある。

船から荷揚げされた輸入貨物は、横浜や川崎あたりの倉庫会社に保管される。輸入許可が下りるまでは保税保管といって、その間の保管料は割高になる。つまり一日でも早く輸入許可をとり、貨物を保税地域から出すことが輸入課の任務となる。バブル景気の当時でも、経費削減の意識は弱いわけではなかった。

ある月曜の朝、ミーティングの最中にN先輩が変てこなことを言い出した。保税保管料とはつまり、船から貨物を降ろすから発生するのであって、それなら船に積んだままにしておきましょう。しかし船は港に入ると停泊料というものがかかる。よって東京湾のどこかに巨大な人工島をつくり、そこで船を待たせればよい。輸入許可が下りると同時に入港し荷揚げする。停泊料も保管料もかからない。いかがでしょう、と。

「書類作成と連絡業務を迅速に行う」みたいな案しか思いつかない僕ら凡人組には、まるで宇宙衛星を打ち上げるような話であった。

N先輩はいつもそんな夢物語のようなことを口にしては周りの失笑を買う。人工島の案はもちろん却下された。なにしろ削減経費は月にわずかン十万円。人口島にはン十億円かかる。

しばらくして会社を辞めた彼はサスペンス作家として鮮烈にデビューした。今ではユーモア小説、経済小説、ファンタジーと八面六臂の活躍をしている。

泉のようにわいて出るアイデア。何がちがうといって、常人が「そんなアホな」と思うようなことを彼は昔から真剣に考えていた。そして細部にこだわらない発想には、必ずロマンがあった。

あのころの失笑は、実は二〇年後の今の自分を笑っていたのかもしれない。

友人のひと言

東京では会社の独身寮に住んでいた。男ばかり一五〇人。テニスコートやトレーニングルームが完備され、なかなかに快適な寮生活だった。

ラッシュアワーの電車内は身動きの取れない状態で、都会の人の重圧というものを肌で感じていた。冬のよく晴れた朝には、はるか前方に富士の山が見える。そんな日は車内での踏ん張りにも気合いが入ったものだ。

ある雨の朝、むせ返る車内に苦悶の表情を浮かべる女性がいた。うしろにピタリと男性が密着している。痴漢だった。だんご状態の人を押しのけ、男に近づき注意しようとした。

と、頭の上から傘が一本伸びてきて、男の肩をコツンとこづいた。そのタイミングと力加減に、

「よしなさい、見てますよ」

という上品な諭しがにじんでいた。男は我に返り、恥じ入ったようにうつむいた。女性は安堵

のため息をついた。傘の出もとを見てみると、同期入社のＹクンが微笑んでいた。才能と人柄と容姿をひとり占めしたようなＷ大卒の青年だった。

二二歳の当時、プロレス見ることとお酒飲むことが趣味だったような僕とは違い、Ｙクンはゴルフをやりヨットに乗り外国人の友人が多くいた。僕が勝ってることといえば、ひと晩に飲めるお酒の量ぐらいだ。

五年後、僕は上司に呼ばれてニューヨーク勤務を打診された。長ければ五年。

三〇歳までに香川に帰ろうと決めていた僕は、悩んだ末、会社を辞める決心をした。同じころ、Ｙクンはシンガポール支社に転勤が決まった。

皆が会社へ出払ってしんとした寮の部屋で、引越し荷物をまとめた。ひとり感慨にふけっていると、Ｙクンがやって来た。彼もシンガポール行きの準備のため寮に残っていたのだ。外を一緒に歩いた。何もかなわないと思っていたＹクンが意外なことを言った。

「クロカワの思い切りには勝てねえな」

自分の生き方を貫く大胆さがうらやましい、と。

商社に入っておきながら、海外勤務を断り、辞職する。本音のところでは、その身勝手さが胸の中で重荷になっていた。彼のひと言はそれを吹き飛ばしてくれた。

Ｙクンに見送られて電車に乗った。開通したばかりの瀬戸大橋が光り輝いて迎え入れてくれた。

「教師」大塚クン

奈良県のある県立高校が、校長先生を一般公募した。全国で初の試みだそうだ。地元そごうの元社長が採用され、全国の中高校では六人めの民間人校長となった。

会社員時代の寮の隣の部屋に面白い男がいた。アジアに仏像を見に出かけるのが趣味で、その影響かどうか切れ長の目は半眼で、いつもやさしく微笑んでいる。大塚クンという。

「実社会の経験を積んで教師になります」と、心憎い人生設計を持つ男だった。横浜国大の空手部出身だ。

ついでにいうと、部屋の反対隣りが東北大でボクシングをやっていた男で、真ん前の部屋には学習院大の空手部出身の男だ。彼ら三人は同期入社で、僕より二つ後輩だった。同じフロアには早稲田の空手部で主将をやってた先輩もいた。なんだか用心棒に守られているようで、毎夜安心して眠れたものだ。

ある金曜日の夜、神田の街を彼らと歩いていると、すれちがいざまにツバを吐きかけてきた三人組がいた。派手な格好をした連中には、地味なスーツ姿の僕らが目ざわりだったのだろう。ツバは大塚クンのコートのすそを濡らした。大塚クンは立ち止まり、半身になって三人と対峙した。無言で左足を半歩踏み出す。目は半眼のまま静かに連中を見下ろしている。

その空気はまるで、大仏が動いたとでもいうのか、休火山が揺れたといったらいいのか、とにかく厳粛な威圧感が漂ったのである。

三人組が大塚クンの一喝のもとにひれ伏す。そんな場面を想像して僕はワクワクした。ところが次の瞬間、彼らは一斉に背を向け、声をあげて逃げていったのである。

大塚クンは切れ長の目を細め、

「逃げちゃいましたね」

と笑った。さすがに怒りはおさまらなかったのだろう。帰り道、「ちょっと待っててください」と空き地に入って行き、転がったレンガを素手で叩き割ったのには驚いた。

僕の二年遅れで彼も会社を辞め、地元神奈川の公立高校で英語を教えている。貿易実務と海外出張を五年やっての退社だった。

四月から小中学校では総合学習が始まる。学校教育が進化するには、実社会経験を持つ指導者も必要ではないだろうか。人を育てるのはシステムではなく、人なのだから。

社会人

一八歳のときに学習塾の英語講師に雇われたことがある。人手が足りないからと頼まれて行ってみると、生徒の中にヒゲの青年がいた。

大阪の高校生クラスだから、四国の田舎出の一八歳より大人びた生徒がいてもおかしくはない。しかしヒゲには思わず後ずさりをしてしまった。聞くと二〇歳の浪人生だという。

一八歳が二〇歳の生徒を教える。アルバイトとはいえ、塾の杜撰さを見た思いで、その場で辞めて帰った。塾はその後、塾長の金銭トラブルでつぶれたそうだ。

代わりに始めた家庭教師。生徒は高校三年生で一歳ちがい。「センセー」と呼ばれることにどうも抵抗がある。勉強後の夕食時に、その呼び方だけはやめてくれと頼んだら、家族一丸となって「クロちゃん」と呼びだして往生した。

ただ一〇代のころから人を教えることに携わり、英語の力もついていった。

語学力を生かせるという甘い考えから就職先は商社と決めていた。四年生になって企業回りを始めると、実家の周辺に興信所が来たと聞いた。ある企業から派遣されたとのこと。採用に際しては「人を見る」と言っておいて興信所をよこすのも社会の一面か。若いから、そんなことにも腹を立てた。内定はもらったが、その会社は断った。

そんな悶着も経て、晴れて商社のひとつに入れた。いよいよ英語の実力発揮——。

初めて書いた英文レターは、ブラジルのメーカーに「原産地証明書が必要だ」と訴える内容だった。日本語でさえ難解な関税六法をにらんで英語になおす。「これだ」と納得いくまで消しては書いた。

課長に見せると、サラサラと赤ペンを走らせている。

数分後、真っ赤になった原稿が返ってきた。自分の文字は一言一句残ってない。平然と仕事をこなす先輩社員の背中が「甘くはないよ」とささやいている。これは痛快なカルチャーショックだった。

実社会では語学は道具にすぎない。道具は使えて当たり前。学生時代に有頂天になった実力は、その道具としてさえ通用しないのであった。

そうやって打ちのめされるために学生時代はあったような気がする。社会に出てから少しは勉強するようになったのだから。

ザックで海外出張

サラリーマン時代の忘れられない思い出のひとつに、初めての海外出張がある。出発を翌日にひかえて僕はあせっていた。持っていく旅行かばんが決まらないのだ。

「きみは若いんだから、ラフな格好で行けばいいんだよ」

上司のそのひと言で僕は救われた。

寮の斜め前の後輩の部屋に、山登り用の赤いザックが転がっていたのを思い出したのである。アルミパイプのフレームが付いた頑丈そうなザックである。泥がこびりついている。男臭くていい感じだ。色も真っ赤である。出張かばんはそれに決めた。

翌朝、さっそうとザックを背負った。

が、なにしろスーツ姿である。スーツにザック。不格好なことこの上ない。おまけに、歩くとアルミパイプが後頭部に当たってポコポコとまぬけな音をたてる。ネクタイはパイプにからんで首が絞まる。情けない思いで寮を出た。

成田空港である。

スーツ姿にザックで現われた僕を見て、

「クロカワくん……」

言ったきり上司は絶句した。ビジネスクラスの空港カウンターには、頭のよさそうなビジネスマンたちが並び、ザックにネクタイをからめて目を白黒させている僕は、どうも場ちがいなのだった。

カンタス航空機はブリスベンを経由してメルボルンに着いた。空港で出迎えてくれたオーストラリア人の車でホテルに向かう。着いたホテルを上司と見上げてため息をついた。最高級の五つ星ホテルであった。ハンサムなベルボーイが、泥のついた赤いザックを見て涼やかに目を細めた。

荷物を解くと、一二時間の飛行をものともせずにホテル地下のトレーニングジムへ向かった。すると何かのスポーツ選手だろうか。数人の黒人たちがバスケットボールをやっている。ひとりが話しかけてきた。

「きみは中国人かい？」

「日本人だ」

「ここに泊まってるのか？」

「そうだ」

なめられないよう、僕は勇ましく答えた……つもりだ。相手が言う。

「いいか、内緒だぜ。今このホテルにはマイケル・ジャクソンが泊まってるんだ。オレたちはバックダンサーだ」

夢心地で部屋に戻り、分不相応な豪華な調度品を眺めていると、またため息が出た。なぜか中学校の恩師にハガキを書きたくなって机に向かった。

Ⅲ 子どもの目線

ぺえちゃん

ハムスターを買った。白いジャンガリアンハムスター。背中を丸めるとピンポン玉ほどの小ささ。息子が「ぺえちゃん」と名前をつけた。

最初の数日は手を伸ばすと激しく噛みついてきた。指先に数えきれないほどの傷あとができたころ、ようやくなついて舌でペロペロ舐めるようになった。

カゴは書斎に置いたので、真っ先になついたのは、接する時間が長い僕の手だった。

カゴから出すと、ぜんまい仕かけのおもちゃのように走る。遊び飽きると人に寄ってきて離れない。そんなときも僕の手のひらを選んで丸くなった。

ある夜、帰宅するとカゴはもぬけのからだった。自分で戸を開けて逃げたらしい。逃げたハムスターはよく家具の下敷きになって死ぬという。あせって「ぺえちゃん」と呼ぶと、スポンジが転がるような音をたてて廊下の暗がりから走り出てきた。

夏になって、ぺえちゃんのあごに腫瘍ができた。ハムスターではよくあることらしい。腫瘍は日に日に大きくなり、やがて口が開かなくなった。薄切りにしたキュウリもかじれない。大好きなヒマワリの種にも見向かない。栄養失調と夏の暑さから、ふわふわした体は見る見るしぼみ、ほおは穴があいたようにへこんでしまった。毛は抜け、見るも無惨に弱っていく。

病院に連れて行くと、スポイトで液体ヨーグルトをやればいいという。日に五回、いやがるぺえちゃんを片手でつかみ、口にスポイトを押し込む。もがく。そのたび体は疲弊する。

それでも名前を呼ぶと顔をあげ、頭をなでると目を細める。欲目からか気持ちよさそうに見えた。四歳だった息子は、ぺえちゃんがぴくりと動くたびに「病気が治った」と喜んだ。しぼんだ体は呼吸に合わせて上下した。苦しむために生きる。スポイトを無理矢理押し込まれる。そんな状態が続いた。僕の足音にビクリとする。あんなになついていた僕の手をひどく恐れるようになっていた。

ぼろ布のような体をどうしてもつかめない夜があった。

翌朝、ぺえちゃんは硬くなっていた。

「もう目を開けんの?」と墓を掘りながら息子が聞いた。四歳なりに「死」の意味を感じているのだろう。こらえていたものがつっと流れた。

廊下には、元気だったころのぺえちゃんの歯形が残った。

ムラサキズボン

車ですれちがったこわもての若者が、あごを突き出すようにして頭を下げた。

油で汚れた作業着に日焼けした顔。……はて、だれだっけ。会ったことあるようなないような。独特な会釈が残像としてくすぶった。

その日一日考えて、夜寝る間際に思い出した。ムラサキ色のズボンの中学生――。

十数年前。彼の母親はえらく勢い込んでやってきた。

「今すぐ息子を塾に入れたい」

同伴で現れた中学三年生の彼は、キンキラ光るラメ入りのムラサキ色ズボンをはいていた。

当時すでにめっきり見なくなっていたヤンキースタイルである。

三〇歳といっても通用しそうないかつい顔の一四歳は、ちょっとそこまでバイク転がしてきたぜ。そんなセリフが似合いそうな風貌だった。

「服を着替えてきてください」

僕もまだ若かったから真っ正直に訴えた。塾に制服はないけれど、ふさわしい格好というものがあります。それを考えるのも勉強です。

服装なんか何だっていいじゃないか。個性じゃないか。そう反撃されると覚悟していた。ところが彼は、「ハイッ」。

拍子抜けするほど素直に返事し、母親に「だから言うたやろ」と叱られ、その足で取って返して、一〇分後にはジャージに着替えて戻ってきた。頭をかきながら教室に入ってきた姿に、なんだか痛快な気分になったものだ。

数学の問題が解けないとき、彼は黙々と、ときにじれたりいらついたりしながら、でも決して「わからない」とは言わない。あまりにつらそうなので「大丈夫か」と訊くと、「う〜む」とうなる。手助けを拒むような強気な顔に、こちらも気長に待つ。ノートをめくり、教科書をめくり、自力で解こうと気張っている。カッコいいぜ、何度も声に出そうになったものだ。

そうやって一年が過ぎた冬のある日、彼はぺこりと頭を下げた。

「高校に合格しました。お世話になりました」

ほんの少し寂しそうな背中を見せて彼は塾を卒業していった。

あのころと同じあごを突き出すように頭を下げるくせ。負けず嫌いの顔に、油まみれの作業着が似合っている。

——やっぱりカッコいいぜ。
残像に声をかけると、汗がベタつくうっとうしさをひととき忘れた。

視線の高さ

「子どもの視線で」ということばを聞くと、いつも首をかしげたくなる。

塾を始めたばかりのころ、生徒に話しかけるときは、机に向かう生徒と視線の高さが同じになるよう腰をかがめていた。少しでも相手の立場に近づこうと考えてのこと。やがてその行為に大人のおごりを感じて、やめた。「子どもの視線で」と聞いて感じるうさん臭さと重なるところがあるのかもしれない。

相手が中学・高校生という微妙な年ごろであることもあるだろうが、腰をかがめて得るものは何もなかった。

息子が幼稚園児のころ、絵が展示されているというので見に出かけたことがある。

「おとうさん」というタイトルで描かれたそれは、なかなかにダイナミックで、正確にいうとただ線が太いだけのまるで下手くそな絵であった。親が絵は苦手なのだからしかたがない。

それはいいとして、画用紙いっぱいに描かれた顔の真ん中に、真っ黒なほら穴が二つある。

「なんだこの汚れは」

よく見ると、鼻の穴なのであった。わたしの鼻はそんなにむけているのか。キングコングほどの豪快な鼻に、父はそれなりに傷ついた。

だいぶ経ってから、今度は母親の絵を描いたというので見に行った。絵は壁の下の端にあった。床にすわりこんで見てみると、やはり顔の真ん中に二つの大きなほら穴。

大笑いしていたら、妻がにらんでいた。

ふと隣の絵を見ると、顔見知りの美人のお母さんを描いたものだ。息子よりもはるかに大人びて繊細なタッチの絵。しかしそこにも黒いほら穴が二つ……。

すわりこんだまま妻を見あげる。すると不機嫌そうな顔の真ん中に大きな黒点が二つ並んでいるではないか。そのとき初めて子どもの視線の一端を感じたのである。

人の顔を下から見あげると、なるほど顔の真ん中には二つの黒い穴。子どもたちは年がら年中この視線で人を見、世界を見ているのであった。

子どもの視線——。説得力があるような気がしてしまう紋切り型のことば。しかしたかが物の見え方ひとつとっても、子どもの世界は意外性に富む。腰をかがめたくらいでどうにかなるほど単純なものでもない。わかったつもりになることが、距離を縮める最大の弊害になるのではないだろうか。

ボウズ頭の奮闘

卒業以来二八年ぶりに母校の小学校を訪ねた。校舎は当時と変わってないのに、職員室の入り口がどこにあるか思い出せない。うだるような蒸し暑さの中、ようやく探し当てたと思ったら、土足のまま上がりかけて大いに恥をかいた。

会いたかった三人の児童は体を弾ませて校長室に入ってきた。授業の合間の五分間、ニコニコと笑い通しの三人から話が聞けた。三本松小学校四年生の十川君、奥代君、神前君。

激しい雨の中、その日飼育当番だった三人はチャボとウサギの世話をした。いつもより遅い時間に、いつもの通学路を車を避け水たまりをよけて家に向かった。

踏み切りまで来たところで三人は足を止めた。線路脇の小道にひとりのおばあさんが倒れている。自転車の下敷きになって、頭部からは血が流れていた。

三人の行動は早かった。すぐさま駆け寄り、声をかける。と同時に身をひるがえし、救急車を呼びに近くの八百屋に走った。足は泥水を跳ね、雨は顔を打った。

八百屋から戻った三人は、倒れたおばあさんに傘を差しかけた。背中のランドセルは大粒の雨に濡れ、しだいに重くなっていった。

通りがかりの大人が集まってきた。おばあさんが流した血は小道の雨だまりを赤く染めた。通行人のひとりが手持ちのハンカチで傷口を押さえる。救急車はなかなかやって来ない。三人はじっと待った。時間は二〇分にも三〇分にも感じられたという。その間、おばあさんが濡れないように三人はずっと傘を差しかけていた。

おばあさんは、やがてやって来た救急車に乗って運ばれて行った。三人はそれを見送りながら「ヨッシャー」と心の中で叫んだという。

年齢を聞いて改めて驚いた。小学四年生といえば、たかだか九歳か一〇歳だった。

「いいことしたね」

そう言うと、きょとんとした。将来何になりたいかと聞くと、三人同時に「プロ野球選手」と答える。好きな科目は？「体育」。顔は笑ったままだ。三つ並んだボウズ頭はどこまでも無邪気だった。ほっとした。子どもは子どもである限り、いつの時代も変わらない。顔には幼さとたくましさが同居していた。

親ばか

真夏。東京駅の三〇を超えるホームを右に左にと走り回った。

四歳の息子へのみやげに、電車の写真を撮ってやるためだ。右手にレンズ付きフィルム、首にタオルを巻いて、長い階段を何十回と駆け上る。ひざと足首はすでに音を上げていた。ふだんは意外と歩くことの少ない田舎暮らしだ。たまに上京すると足にこたえる。

「七〇〇系のぞみ」の前で、小学生と幼稚園児の兄弟が、カメラを構える母親の注文に応じてポーズを取っていた。母親はいらついていた。周囲を気にせず子どもを叱る。うまく「ピース」ができないのだ。

「ピースもできないのっ!?」

兄弟のポーズがそろわない。

「もう一度！」

母親がヒステリックに叫ぶ。兄の方が先に泣き顔になった。

楽しみにしていたはずの旅なのに、思いもかけないことで母親に叱られて、首から提げた水筒はずいぶん重く感じられたことだろう。この母親は、まず自分が「ピース」の意味を勉強するべきなのである。

汗で濡れたTシャツを着替えて、上越新幹線のホームに走ると、今度はむずかる子どもに電車の名前を暗唱させる母親がいた。

「この電車は何？」

子どもは答えられない。ほんの数秒待つ母親。

「こまちでしょ！」

子どもの小さな体がびくんと震える。半泣きの顔で母親の顔色を伺う。

みんな何をそんなにアセッているのだろう。覚えて楽しいときに子どもは自然に覚えるのであって、強制された瞬間に子どもは学習を拒否し、子どもの表情まで失ってしまう。

子どもが二歳の頃から五つの習いごとに通わせている親がいる。週に五日。多いときは一日三つをハシゴする。それが正しいことだと信じて、疑いもしない親、言われるままの子ども。

こんな記事を読んだ。一〇代半ばで登校拒否や引きこもり、問題行動を起こす生徒の多くは、幼児の頃からずっと親が望む通りの習いごとに通っている。いわゆる「いい子」である、と。そういう事実を親は最低限の責任として知っておくべきである。

そういう僕もただの親ばかにすぎない。気がつくと、東京駅で真昼の一時間を走り通しだった。二七枚のレンズ付きフィルムが尽きるころ、僕のひざは疼痛のため全く曲がらなくなっていた。

茶髪の男児

この夏、初めて息子を川遊びに連れていった。

河口の石の下をアミでさぐると、エビやハゼが面白いように捕れる。逃がしてやったあとで、食べると美味いという話を聞いたので、バケツを提げて出直すと、チヌが一匹かかった。息子は大喜びだ。持ち帰って塩焼きにすると、ひとりで丸々食べてしまった。

水場では、子どもは常に視界に入れておくようにしている。川の中で、一度だけ息子の姿が見えなくなった瞬間があった。川は浅いがヒヤリとした。なんのことはない、土管のかげに座り込んで、貝に見入っていた。

鳴門にいいプールがある。山と海に囲まれて、ひっそりと営業している。一昨年はお盆のピーク時でも貸し切り状態だった。昨年は数組の家族が泳ぎ、今年はさらに人が増えていた。人が増えると、中には変わった人もいる。

四歳くらいの茶髪の男の子が、たえずほかの子どもたちの浮き輪にちょっかいを出している。

わが息子や甥の遊具もかっぱらっていく。目に余ったが、人の子だ。黙視した。ところが、まだヨチヨチ歩きの女の子の浮き輪まで奪おうとした。女児が水を飲み、目を白黒させる。さすがにその父親がたしなめた。男児の親は出てこない。

やがて男児は、僕の大人用エアマットをひったくり、頭にのせてすべり台の階段を上り始めた。ふらふらと危なっかしい。足場は濡れてすべりやすく、下はコンクリートだ。慌ててとめた。エアマットを奪い返し、ひと言注意する。それでも親は出てこない。子どもプールは、男児ひとりのせいで終始ピリピリしていた。

日が傾きかけたころ、男児の父親が大人用プールから出てきた。ずっとひとりで泳いでいたようだ。僕らの前をのんきな顔で帰っていく。血圧が三〇くらい上がりそうであった。

数日後、新聞を読んでいて、ひざをうった。

「五歳以下の子どもは、三センチの深さでもおぼれます」

五歳の子どもが三センチの深さでどうやっておぼれるのか、見てみたい気もするが、不謹慎である。とにかく危険なのである。

子どもを監視しない親を自由放任、たくましく感じることもあるけれど、時と場合による。髪を染めることより、大切なことがある。子どもは正しい角度と視線でしっかり見守ってやるべきなのである。

ほめること

塾の女子中学生ががっかりした顔で話していた。夕食時、学校の成績表を父親に見せたという。テスト勉強を頑張った彼女には自信があった。ねぎらいの言葉を待つ彼女に、父親が言ったのは、

「そんなもんか」

彼女の母親の口ぐせは、

「うちの子は全然勉強しません」

子どもはたまったものではない。毎日学校で勉強をして、放課後は部活で疲れる。帰宅するのは日が沈んでからだ。土、日も休みはない。週に二日は塾に通う。それだけでも十分に頑張っている。これを大人に例えれば、通常勤務を終えたあと、毎日残業をする。週に二日は仕事を家に持ち帰り。土、日も出勤。それだけやって、

「あなたは全然仕事しない」

言葉は使いようによっては、凶器にもなる。

ずいぶん前に、何かの雑誌で心理学者の多湖輝さんがこんなことを書いていた。多湖さんとは、あの「頭の体操」シリーズの著者でもある。政財界、学者、棋士などあらゆるジャンルのトップの人たちが、子どもの頃の思い出として口をそろえて言う言葉がある。

「両親にはほめられて育てられた」

気持ちのよい言葉を聞かされつづけた子どもたちが、脳や精神力に秀でるのは、僕ら素人にも容易に想像がつく。

僕の大好きなプロレスラーの藤田和之選手が、テレビの対談で語っていた。クマのような体に、岩のような顔をくっつけたような人だ。首は電信柱ほどの太さがある。強さは日本で三本指に入る。そんな人が、「どんな女性が好みか」と訊かれて、

「ぼくをほめてくれる人」と答えていた。

勉強してほしい気持ちを子どもに伝えるには、言いたい気持ちをぐっとこらえることだ。口に出す代わりに、自身が本を読むとか、向上心を伴う趣味や子どもを刺激する話題を持つ。そうやってふだんの親の姿勢で伝える。家庭教育とはそういうものではないか。

子どもにとっていちばん大切なことは、「自分のことをいちばん思ってくれている人がこの世にいる」という安心感だ。それは心のこもった言葉で伝わる。自分がグチばかりの生活を送っ

ていたのでは、人をほめることはできない。

ブタはおだてても木には登らなかったけれど（あるテレビ番組で実証済み）、子どもの可能性は無限である。毎日の親の態度次第だ。

動機づけ

子どもが英語を話せるようにと、幼いころから英会話教室に通わせる。ポンとほうり込む、人任せにする、その安易さが以前から気になっている。

まだ日本語もままならない幼児が、「ハウマッチ」「ワッチュアネイム」と覚えてくる。それは「会話」と呼ぶにはほど遠く、会って数秒で終わってしまう「あいさつ」にすぎない。

「会話」をするには、話すに値する話題と経験が必要だ。技術的には、それらしく聞こえる発音より、正しい文章をつくる力の方が重要だ。その力は日本語で養う。どうすればよいか。相手が幼児なら、話をしっかり聞いてあげる。「なぜだと思う?」とつっこんであげる。絵本を一〇冊読むなら一冊は詩集を入れる。そうやってまずは日本語で言語感覚を鍛える。親自身がよく本を読む。その姿を子どもは見る。正確なことばと文章力を身につけること。

英語はその後だ。外国語を話せるようになるかどうかは、最終的には日本語の力に関わってくる。

四月から学校が週五日制となる。県の高校長協会と中学校長会は部活の完全休養日を決め、生徒へのゆとりに配慮した。親は子どもといられる時間が長くなる。

学校の教師が教科を教えるプロならば、家庭の大人は子どもに学習に対する動機づけをさせるプロであるべきだ。

英語をガンバッてもらいたいなら、英語が話せる楽しさと必要性を日ごろから自分のことばで子どもに説いてあげる。押しつけや説教ではなく、経験として語る。親子そろって机に向かう必要はない。風呂の中でもドライブ中でも話はできる。テレビや本をきっかけに、異国の人や海や山や食べ物や戦争の話をする。子どもの空想力は、海を越え未知の世界を駆けめぐる。

「勉強しろ」と百回言うより、異国への好奇心を一回くすぐる方が力はある。

そして英語が話せるようになるためには、相当な努力が必要だということも忘れずに伝える。

専門性の低い段階では、親ができる限りの教科を見てあげる方がよい。むずかしいことではない。教科書をいっしょに読む。少なくともその姿勢を持つ。子どものためにも、自分のためにも。

週五日制の最大の利点は、そんな機会が増えることだ。子どもへの影響力は、親に勝る者はない。

家庭の力添え

たとえば中学生が歴史の教科書を見つめ、「イトウヒロブミ」とつぶやいている。暗記しようと何度もつぶやく。覚えられない。真剣さが、やがていらだちに変わる。そんな姿を見ると、いつも惜しい気がする。熱心な子であればあるほど、惜しい。

たとえば家で歴史小説の話をしたり大河ドラマを見ている子は、すっと教科書の中に入っていける。学ぶべき核心に一気に迫れる。そうでない子は、基礎の人名を覚えることから始めなければならない。

学校の授業や塾で初めて「伊藤博文」という名を耳にする子と、家庭で幾度となく聞いてきた子。両者が同じ授業を受け、同じ教科書を読み、同じテストを受ける。要するエネルギーには歴然とした差がある。そしてエネルギーを消耗した方が必ずしもいい結果を得られるとは限らない。さらに、結果だけを見て努力の程度を判断する大人がいまだにいる。

たとえば「伊藤博文」なら、小学校でも習っている。しかし授業で一度きり聞いたことをきっちり覚えているほど子どもたちの好奇心は貧弱ではない。彼ら彼女らの心をとりこにするモノはそこいらじゅうにあふれている。世界はナゾと興奮に満ちている。勉強以外にエネルギーの使いみちは無限にあるのだ。

「なんでワタシはアホなんやろか」と嘆く子がいる。

友人が簡単に覚えられることが、自分にはなかなか覚えられない。それはアホとか頭がわるいとかの問題ではない。声が大きいとか大食だとかと同じレベルの「ただの特性」にすぎない。嘆くことはない。人より努力している分、褒められるべきことなのだ。悲劇があるとするならば、いちばんの味方であるべき家族が、子どもに期待をかけっぱなしにして、本人の苦悩に目を向けようとしないことだ。子どもは負担をひとり小さな両の肩に負う。

それがいじらしくて惜しくてしかたがないのである。

たとえば十数年の間に一度でも「イトウヒロブミ」が食卓で話題にのぼっていたなら。「今日は何を習った?」とたまに聞くだけでとっておきの復習になるのに。子どもたちはあふれるエネルギーをもっとほかのエキサイティングなことに回せるのに。

あなたは子どもたちとどんな話をしていますか?

大発見

「サーッ」という音で目が覚めた。

だれかが耳元でささやくような、鮮明で透明感のある音。……何の音だろう。ふとんの中で考える。

二月からずっと花粉症で調子が悪い。鼻はつまるしクシャミはとまらない。一日ひと箱ぶんのティッシュペーパーが消えていく。アタマはぼんやり——これはいつものことか。しかし四カ月もつづくと、症状というよりこれが自分の体質なんだと考えるようになった。なったはいいが、つらいものはつらい。朝は体がだるく、ベッドの上で身悶える。

サーッ。音は途切れない。……ああ、雨の音だ。なるほど雨か。静かな音だ。風もない、小粒の雨。と、小さな疑問が浮かんだ。なんで雨が降るとあんな音がするんだろう。寝ぼけたアタマでまた考える。水滴が空気を切る音？　ひとつの水滴が発する音は無に等しくても、無数に集まるとこんなに鮮明な音になるのか。

おっ、こんなこと考える朝は調子がいいのだ。ゆうべは濃いコーヒーを飲んだので寝つきが悪かった。睡眠不足からか妙に気分はハイだ。

しかし気がついた。あれは雨が地面を打つ音なのだと。大発見をしたような気分になる。しかしそんなことをこの年齢まで知らなかったことに、情けない思いに落ち着いた。

ベッドから這い出して階下におりると、妻が朝食をつくっている。

「ほら、あの『サーッ』て音。何の音やと思う？」

妻がアホらしいこと聞くなといった顔で答える。

「雨の音ちゃうの？」

「それはわかっとる。雨がどうなってあんな音が出るんやろか？」

妻が窓の外に向かって耳をすます。

「雨が空気を切る音ちゃうの？」

夫婦そろってアホなのか。

「水滴が空気を切るとあんな音がするかいな？」

「いや、ほんなら何の音やろ」

腕を組む妻。

そんなたわいのない大人の会話をよそに、息子がつぶやく。

「自転車、乗れるようになったよ」

おっ、そうかそうか。いいな子どもは。目標がいっぱいあって。見習わんといかんな。目標を達成する気分を子どもの専売特許にしておく手はない。

四一歳にして初めて雨の音のわけを知った。何もないよりマシか。

そんな雨の朝。

学ぶ「時期」

阿刀田高さんのエッセイを読んでいて「なるほどなあ」と深く納得したことがある。学校で習う教科について、人の将来の社会的地位や経済力に影響するのは主要五教科で、人を幸せにするのはそれ以外の、つまり芸術系であったり体育であったりの能力だというのである。

周りを見てみると、たしかにそうだと思えてくる。

人が本当にいい顔で笑うのは、出世や金儲けの話をしているときではなく、仕事や身分を離れてスポーツをしたり音楽を聴いたりしているときではないか。人の幸せには、左脳より右脳の発達が大切だということなのだろう。スポーツや芸術の世界で一流になろうという話ではない。日ごろの余暇のすごし方といった、身近な問題なのである。

幼児のころから計算問題ばかり解いている子を「ロボット子ども」というそうだ。似たような問題を繰り返し、紙の上での「作業」を進めることが、本当の意味での「計算力」向上になるのだろうか。計算力とは、脳でどれだけの処理ができるかである。それにはひらめきや機転といった右脳の働きが大切になる。

また、テレビゲームで長時間遊ぶ子どもの脳は「テレビゲーム脳」といって、人としての感性や想像力が著しく低い傾向があるという。つまり右脳の問題である。最近、それを痛感するできごとがあったが、残念ながらここでは書けない。

大部分の親が子どもに施している（つもりの）教育は、「人より早く」のひと言に尽きる。人より早く字が読み書きできる、ＡＢＣを学ぶ、九九を覚える、自転車に乗れる……。

心配しなくても、字も九九も自転車も、その日がくればできるようになる。字が書けない日本人や、自転車に乗れない大人はめったにいない。いたとしても、それと人の幸せとは関係がない。

イチロー選手が成功したのは、三歳でバットを振り始めたからではない。そうなるべき生来の才能と適性があり、そして、ここが大切なのだが、彼はクラブや学校以外での、つまり人のいない所での練習を二〇年間続けたということである。

子どもの幸せを願うなら、「人より早く」が大切なのではない。

「マラソンのレースでフライング」をするような、特に今の幼児教育を、親はもっと本気で考えるべきだ。

ゲーム余波

いつかは来るだろうと覚悟していたときがとうとうやってきた。

六歳の息子が「ゲーム機がほしい」と言ってきたのだ。自分の息子だけはという考えは、だいたいにおいてこういう結果になる。幼稚園児にもなると周りはみんなやっているので、無理もないのかもしれないが……。

人まねではなくて本当にほしいのかと、しっかり確認して、買ってやった。ポケモンミニ。子どもの手のひらにも収まる初心者用の幼いゲームだ。達者な友だちには「小さなゲーム」と笑われたが、息子は喜んだ。

一日三〇分。最初に約束をすると、子どもなりに時間を気にしながらピコピコとボタンを押している。

一度だけ、約束を守らなかったことがあった。強く叱ると、それ以降ピタリとやめるようになった。父親が怖いからではなく、約束ごとの大切さがわかったようだ。ひとつ学習したことになる。

「ゲーム脳」ということばがある。ゲームのやりすぎが脳に及ぼす悪影響を説いたものだが、ゲーム遊びの最大の弊害は、実は別のところにあるのではないか。

ゲームをやっている子に話しかけるとわかるが、何を言ってもうわの空だ。

ゲームは受け身の遊びだ。やっているというより、やらされている。次々と変わる画面に、人間は振り回される。チャプリンの「モダンタイムス」をあげるまでもなく、機械に隷属した人間は心までも吸い取られていくのか。

以前、どこかの小学校の教師が、

「子どもにだって事情があるのだ。あいさつなんかどうでもいい」

と書いていた。そうだろうか。あいさつは、とっさの自制心だ。どんな状態にあっても、ほんの一瞬自分の心を現実に適応させればできること。

それさえできずに、つまり社会性より自分の気分や都合を最優先することを重ねていけば、末はどうなるか。究極の結果が「なんで人を殺してはいけないの?」ではないのか。ものごとの優先順位を見失ってしまうこと。憂うべきはそんなところにあるのではないだろうか。

息子がゲームを始めるにあたって、どうせなら何かを学ばせないかと考えた。欲望をコントロールする力。つまり、自制心。ガマン力。——そんな感じで見守っている。

テストの結果

県立高校の入学試験も終わり、あとは結果を待つばかりとなった。

受験生に限らず、ここひと月ほどは中学生にとって試練のときだった。県下の中学校では二月中旬に「学習の診断」テストが実施され、ひきつづき下旬に学年末テストが行われた。

この「学習の診断」テストというのがなかなかのクセモノで、中間・期末テストといった定期テストとはわけがちがう。

まずテストの結果が点数だけでなく、校内順位も明らかになる。あなたは学年で何人中何番ですよ、ときっちり呈示されるのだ。次にテスト範囲が広い。一年間に学習したすべての単元が対象となる。数あるテストの中でも、高校入試にもっとも近い形といえる。

ところでテストというものは、努力した者が必ずしもいい結果を出すとは限らない。これは大人の世界と同じである。人より働いたからといって収入でまさるわけではない。収入が少ないならそれに見合う工夫をして分をわきまえることが必要だ。

学生時分に身につけるべきもっとも大切なことは、そういった「現実を受け入れて対応する力」なのだと思う。人に勝つ方法や、一点でも多く取るテクニックを覚えることではない。

最近読んだ新聞記事でえらく感動したことがある。ある母親が、テストが近づいてもいっこうに勉強しない息子を心配していると、案の定結果が悪い。ところが返ってきた答案を手に息子は勉強を始めた。

母親が「もうテストは終わったのに」と言うと、息子は、

「テストで理解できてないところがわかったから勉強するんだ」と答えたそうだ。

テストの意義とは元来そういうものではないだろうか。つまり結果（現実）をしっかり受けとめて、その後どう対応するのかが大切なのであって、結果が出た時点で学習が完結したり、一喜一憂だけを残すものではないということ。

子どもの将来にとって有益な教育とは、「明日の一点より一〇年後の一〇点」を勝ち取れるようなマクロな対応力・工夫力をつけるもの。

ただし理屈では理解できても、これには相当なふところの深さが必要になる。

企業が時間とお金をかけて人材を育てるように、周囲の大人や社会が子どもたちをそんな姿勢で見守れるかどうか。それにかかっている。

ある登校風景

東京で満員電車に揺られて通勤していたころ、毎朝同じ車両に小学生の男児が乗っていた。押し合いへし合いを演じる大人たちの谷間で、ランドセルをぺしゃんこにつぶされている。ラッシュアワーの激しさに、泣きべそをかくこともあった。

何度目かの春、男児に仲間ができた。男児よりもさらに体が小さく、ピカピカのランドセルを背負った一年生の弟であった。

三〇分ほど乗ったあと二人は電車を降りていく。埼玉県越谷市にある自宅から、校区を離れて都内の私立学校に通っているようすだった。ラッシュアワーの電車内には、ほかに子どもの姿は見られない。

いつも同じ電車の同じ車両に乗るから、周りの乗客の顔ぶれも同じだ。二人の降りる駅が近づくと、すし詰めの車両内に不思議と通路が開けた。そこには大人と子どもとの暗黙の共同体がしっかりとできていた。

「なんでこんな場所に子どもがいるんだよ」と毒づく客も何度か見た。立っているのがやっと、という状況では子どもがいると危なっかしくてしかたがない。足元に障害物が転がっているようで、うまくバランスがとれないのだ。

しかしそんな客は次の朝には車両を変えた。そうやって二人の周辺は、名も素性も知らない客どうしのなんとも温かい空気に覆われていた。

弟を伴うようになってから男児の顔つきに変化が表れた。ふらついて倒れることも、泣きそうな表情で大人たちを見上げることもなくなったのだ。弟の手を引いて、たった二人の集団のリーダーとして、口をへの字に結んで踏ん張っている。責任感と自信が顔つきに表れていた。

ある土曜の午後、一度だけ下校中の兄弟を見かけたことがある。朝と違って、空いた車内でのんびりと座席に並んですわっていた。二人の背中を、一週間の苦労をねぎらうように暖かな日差しが包んでいた。

今自分が同じ年頃の子どもを持ってふと考えることがある。彼らの両親はどんな気持ちで子どもの帰りを待っていたのだろう。リーダーの兄は一年生のとき、たったひとりでどうやってあの電車を乗り降りしていたのか。けなげさに、ふと目頭を押さえたりするのである。

もうすぐ二学期——。それぞれの登校風景が始まる。

居残り

その母親の控えめな物言いが印象に残った。

「勉強は苦手ですが、中学に入ったら頑張るって本人が言ってますので」

中学校入学を控えた息子を塾に入れたいと話した。

そうして四月に入り、「彼」はやって来た。色白で線の細い少年だ。中学では練習のきつい運動部に入った。帰宅が遅く、塾にはいつも遅刻して来る。

「部活で遅れるのは何も悪いことではないのだから、堂々と入って来ればいい」

そう言っても、申しわけなさそうな顔で入って来る。僕も多くは言わずに見守っていた。

彼は英語が苦手で「ｙｏｕ」のスペルがなかなか覚えられなかった。歴史や地理も彼の前に立ちふさがった。でも決して弱音を吐かない。お母さんとの約束に嘘はなかった。

間違った問題はノートに直しをやる。みんな帰ったあとの教室で、彼は黙々と間違い直しをやった。話しかけると、うつむいたまま照れくさそうに笑う。笑みをこらえるような口元は、母親の控えめで謙虚な物言いを思わせた。

「ありがとうございました」。毎回頭を下げて彼は帰って行く。

一年が過ぎた。部活でどんなに疲れても、彼は塾を休まない。僕は距離を置いて見守るだけだ。

ある時、彼の変化に気がついた。

「ｙｏｕ」のスペルを覚えるのに苦労していた彼が、複雑な動詞の過去形をスラスラと書いていたのだ。その裏に隠れた努力の大きさに、僕は思わず唸ってしまった。その日の帰りぎわ、何かきっかけがあったのかと聞いてみた。

「はい」

きっぱりと返事をし、彼には珍しくしっかりと顔を上げて続けた。

「行きたい高校があるんです」

大好きな部活の先輩が卒業した。先輩と同じ高校へぜひ行きたいんだという。今の力では無理だから、今まで以上にガンバルんだ、と。彼は二年生になったばかりだ。中学に入ってまだ一年しか経っていない。気楽にやればいいよ、と言うとまたきっぱり返ってきた。

「その先輩とまた一緒に練習したいんです」

なんと純粋な動機か。彼は言葉少なに先輩への思いを述べ、うらやましいくらいにカッコよく見えたのだった。
「ありがとうございました」と頭を下げて、今夜も最後に教室を出て行った。

始　末

六、七年前だったか、テレビであるお笑いタレントがこんなことを言っていた。
「オレだって学生時代にもっと勉強してたら東大くらい受かってたわ」

その人の学力がどうこう言うつもりではないが、人は意外と人生の節目では、全力を出し切っているものだと思っている。そのときどきの本気で向かい合った積み重ねが「今」なのではないだろうか。

たとえば学生時代をなまけて過ごしたと後悔していても、決して手を抜こうと考えてやってきたわけではないはずだ。今日一日をさほど不真面目に過ごしたわけではないように、昔も自分なりに真剣だったはずなのだ、と思う。

だからよく耳にする「自分は昔勉強できなかったから、子どもは何がなんでも……」という気負いには首をかしげたくなることがある。子どもがそれを心地よい期待と捉えているうちはいいけれど、度が過ぎるとどうだろう。子どもたちだってさほど不真面目に毎日を過ごしているわけではない。まずそれを認めてあげよう。

逆に「自分は昔よくできたんだから」というのも、相手の立場を考えないという点では同罪だ。

それにわが子とはいえ、自分の無念や後悔を他者に託すのはどうかと思う。自分の無念は自分で始末をつけるほうがカッコいい。そんな姿勢こそ子どもに学んでほしい……と考えるのはのん気すぎますか。

不勉強を後悔しているのなら今から始めればよい。新聞をすみからすみまで読む。新書のひとつでも手にとってみる。やるべきことは無限にある。「いやあモノを学ぶというのは楽しいなあ」と子どもに伝える方がポジティブだ。自分が何もしないよりは堂々と人にも期待できるし、子どもはそんな親の姿を見て、ものの取り組み方を身につける。

大人は朝から晩まで働いているのに今さら勉強なんて、と考えたくなるのはわかる。わかるけどそれは不公平だろう。子どもだって朝から晩まで勉強している。中学校に入ると部活でくたくたになって帰宅する。がんばるのがプライベートな時間であることは対等だ。

冒頭のタレントはその後テレビでは見かけなくなった。「今努力をする」大切さに気づかなかったのではないだろうか。

Ⅳ 子どもに戻れたら

偽善VS無垢

近所の砂浜を息子と散歩していると、カメが砂に埋もれてもがいていた。誰かが飼っていたものを捨てて行ったらしい。淡水のカメだった。

短い足と甲羅は水気を失い、目だけが濡れている。まるで涙を流したように見える。あまりに哀れだったので、川に放ってやることにした。息子の慈しみのココロを育む格好のチャンスである。僕は張り切った。

暴れるカメを家に持ち帰り、スーパーの袋に押し込んだ。ずっしりと重いその袋を提げて、妻も誘って車に乗った。

数秒後。腐ったニンニクとはがし忘れた湿布薬が渾然となったようなけしからん臭いが車内に充満した。それは「ちょっとそこの川まで我慢しよう」というような悠長な臭いではなく、親子三人は転がるようにして車を降りた。臭いは目にも沁みた。

川に放ってやろうという僕らに向けて、カメは必殺の屁を放ったのだった。とんでもない勘違いである。

結局、家の前の下水口に逃がしてやることにした。納得のいかない顔をした息子を前にして、親の面目丸つぶれの感があった。カメは強烈な臭いを残して颯爽と水の中に姿を消した。

その数日後、親戚がフナを三匹持ってきた。「よう飼わんから」と断ったのに、「大丈夫」と押し切られてしまった。

一〇日ほど飼ってはみたが、せまい水槽の中ではフナが気の毒でしかたがない。

息子の情操教育的観点を踏まえ、やっぱり近くの川に放してやることにした。

「今度はちゃんと川に逃がしてやろな」

フナが入った水槽を抱いた息子は大きくうなずいた。

ゆるやかに蛇行する川にはサギがたたずみ、のどかな光景が広がっていた。無事に川岸に着き、三匹の子ブナを放ってやる。

フナは水の流れに逆らって、銀鱗をきらめかせた。

どうだ、これが彼ら本来の姿なのだ。満足感に浸りながら息子を見やると、不思議そうに訊いたのである。

「あの鳥さん、何してんの?」

サギが嘴を水の中に突っ込んでいる。

「ああ、あれはエサを食べよるんや」

「鳥さんは何食べるん？」

「サカナや」

「……そしたら、さっきのフナ、あの鳥さんに食べられてしまわんのかなあ」

ぜい肉のついた僕のココロにはそんな思いは浮かびもしなかった。偽善は無垢《むく》には勝ち目がない。

僕は当時三歳だった息子に、計らずも情操教育を施されてしまったのだった。

男のロマン

男の子を持つ父親として待ちに待った日がやってきた。夏の男のロマン、カブトムシ捕りである。

カブトムシは山にいるんだと息子には教え込んできた。うかうかしていると、カブトムシはスーパーや夜店にいると言い出しかねないからだ。教育の成果か、祖父がどこかで買ってきたカブトムシを、息子は「カブトムシは山で捕るものなのっ」と断固拒否して受け取らない。かわいげのない五歳ではある。

朝早く山へ行けば捕れるんだ。前に一度そう話したのを息子はしっかり覚えていて、日曜日の早朝、異様にはりきって僕を起こしに来た。幼稚園へ行く朝は動作がにぶいくせに、この日はひとりで起きて、脱いだパジャマをきっちりたたんでやって来たのである。

生まれて初めてのカブトムシ捕りだ。気持ちはわかる。同じ男として、僕は快眠を妨げられた悲しみを愛と根性で乗り越えた。

二人して山へと向かう。といっても、車で三分ほどの遊びなれた公園である。

「ほんとにこんなところにカブトムシがいるの？」

息子が拍子抜けした顔で訊く。ふっふっふ、まあ見ていろ。親を信じるのだ。——と余裕をかましたのもつかの間。

いない。

木立にはカブトムシの匂いがぷんぷんしているのに、いないのである。かわりにあまりいてほしくないスズメバチやガが、わんさと蜜を吸っている。

「昔はいっぱいおったんやけどな」

子ども相手にいいわけをする。

「昔ってボクが何歳のころ？」

いやあ、三〇年ほど昔だからお前はまだ生まれとらん。そんな話をしながら木から木へと目を移す。

ふと双眼鏡をのぞくと、おおっ、いるではないか。

丸々と肥えた黒光りする物体が、クヌギの木にうごめいている。文字にならない雄たけびをあげて僕らは突進した……けれど着いてみるとカナブンなのであった。レンズを通してデカく見えただけなのだ。面目ない。

気落ちする息子の頭を撫でようとしたそのとき、一匹のクワガタムシが木を這った。

「ぎゃっ」

と叫んで手を伸ばす。息子も何やら歓声をあげた。

帰りの車内で虫かごに顔を押しつける息子を見て、しかしいちばんはしゃいでいるのは、ほかでもない父親なのだと気がついた。

同じ道

カブトムシへの道はつづく。

前項で書いたように、この夏息子と初めてカブトムシ捕りに行った。本命のカブトムシこそ見つからなかったが、ヒメオオクワガタのオスを一匹捕まえた。初陣での予想外の大物捕りに僕らは有頂天になり、早朝の山行きを続行した。

しかしいいことばかりはつづかない。初日以降は収穫がない。あれはビギナーズラックだったのか。

そんなある日、塾の小学生と話をしていてたまげてしまった。休日には父親と虫捕りに出かけるという彼は、「朝の三時に起きて行く」と言うのだ。僕らの早起きは朝の六時である。さらに、

「でも三時だと、もう捕って帰っている人に会うよ」

……これは勝ちめがない。さすが男のロマンだ。厳しい世界なのである。さすがの息子も三

時には起きられない。というか、ワタシが起きたくない。

　作戦を変更して、夜中に出動することにした。虫は夜行性だ。山を走れば街灯に群れている。昔はそうだった。今もいるにちがいない。

　息子は鼻息が聞こえてくるほどはりきった。夜の外出さえ珍しいのに、虫捕りなのである。おまけに山の中だ。闇の奥に潜む魑《ち》魅《み》魍魎《もうりょう》に息子は興奮した。ワタシも興奮。

　川沿いの道を走っていると、そういえば昔もここを走ったな、と三十数年前の夏を思い出した。小学生だった僕は原付バイクの父を自転車で追った。土手には向こう岸が見えないほど木が茂り、虫が群れていた。

　僕が大人になる間に木は減り、砂利道はアスファルトに変わった。虫はどこかへ消えた。僕は父親の背中を見つめて走ったが、助手席の息子はすぐ隣で僕の横顔を見ている。多くのものが変わった。父子の間はどうだろう。見つめるものが背中から横顔へと変わったように、父子の距離感も変化してしまったのだろうか。

　ふいに息子が訊いた。

「おとうさんもカブトムシが好き？」

　僕が息子と同じようにハリキッテいるからそう見えたのだろう。

「ああ、好きにきまっとる」

何本目かの街灯で「これで帰ろう」とあきらめかけたとき、ツノの先から後ろ足まで美しいラインの一匹のクワガタムシが地面を這った。息子の歓声が山にこだました。

息子も将来、子どもを連れてこの道を走るだろうか。

人工の小道

カブトムシ捕り再び。あれから一年。六歳になった息子を連れて、今年も山に向かった。

カブトムシ捕りといいながら、去年はクワガタ二匹で終わっている。今年こそはと気合を入れて五時半起床。眠い。眠いけれど、初日にメスカブトを一匹捕まえた。

人の欲とはふくらむもので、息子は「次はオスがほしい」という。

「じゃあ、あと三〇分早く起きられるか」と問うと、

「三〇分ではいかん。一時間早く起きて行こ」と闘志とたくましさを見せる。

台風一〇号が家をきしませて去った三日後。夜遅く、市販のミツをクヌギ林に仕掛けに行く。

釣りでいうところの撒き餌のようなものだ。虫捕りにおいては反則というか邪道のような気もするが、子どもの図鑑にもそうすればよいと書いてある。明朝は虫かごに入りきらないカブトムシが群れているにちがいない。おじさんはワクワクした。

さて就寝……。はっと目が覚め、時計を見る。まだ二時半。以後三〇分ごとに目が覚める。

やはり興奮しているのは父親の方か。そして四時半起床。息子に声をかける。反応がない。

「カブトムシのオスが待っとるで」

耳元でささやいたら、目を閉じたままスクッと立った。おまえは夢遊病者か。さすがワタシの息子だ。

山だ。昨今の開発で木は減った。昨夜仕掛けたミツを見てみる。……アリの子一匹いない。図鑑をうらめしく思いながら奥の木立に向かおうとすると――、おおっ、何かいるぞ。懐中電灯を照らす。オスカブトだ。ついでメス、オス、オス。さらにコクワガタも一匹。

まだ薄暗い朝の、さらに薄暗い林の中。懐中電灯に照らし出された虫たちは、小憎いばかりの野生の色つやを見せつけてくれた。仕掛けた人工ミツには振り向きもしないで。

虫と自分たちの将来のため、オスカブトを一匹残して帰った。

昼過ぎに、飼育用の土を掘るため同じ場所に行く。と、ほんの数時間前までうっそうと茂っていた草木は、無残に伐採されていた。代わりに砂利と芝生が敷かれている。樹液の香りは消え、開発の匂いが一面を覆っている。

人の欲はふくらむとはいえ、まだ自然に手を出そうというのか。虫たちの居場所もさることながら、将来息子は自分の子どもと虫捕りを楽しめるのだろうか。

人工の小道は、僕らをどこへ連れていくのだろう。

カブトムシの秋

幼い子どもには「いっしょにやってやること」がいちばんの教育だと思っているから、息子とは泥だんごを作ったり貝殻を集めたり虫を追ったりしている。教育というより遊びですね。

夏に捕ったカブトムシのために、クヌギ林を見つけては土を掘る。飼育用の朽ち木や落ち葉を持って帰るのだ。

店に行けば虫を飼うのに必要なものはすべて手に入る。えさどころかクヌギの「枯れ葉」まで売っている。それが今の社会のしくみだ。利用するかどうかは個人の自由で、どっちにしても子どもはいちばん身近な大人を見て育つ。

讃岐まんのう公園に行ったとき、だれも近寄らないクヌギの木の下でいつものように土を掘り始めた。公園管理のおじさんは不審がり、さすがの息子も、

「こんなところまで来て穴掘るの?」とあきれていた。

虫はこちらの勝手で捕ったのだから、せめて野生に近い環境で飼ってやろう。言葉にはしな

いけど、やがてわかる日がくるよ。教育とはボディーブローだ。「ああそうだったのか」と後で効いてくるのがいい。

カブトムシは捕ってきたその夜から交尾を始めた。ガシガシとものすごい音をたてて子を産む執念を見せつける。おもしろいように卵は増えていった。

九月下旬になるとかごの中は静かになった。動きが鈍くなり、やがて一匹二匹とひっくり返って死んでいく。塾の生徒に聞くと、早いものは八月に死ぬというから、まあ長生きした方だろう。不思議なものでいちばん大きくて強そうだったオスが最初に死んで、その相方のメスが続いた。死骸はつがいが並ぶように埋めてやった。

一〇月に入って小さい方のオスが力尽きた。名残惜しいので死骸をそのままにしておくと、最後に残ったメスが死んだとき、妻が報告に来た。

「オスの死骸に覆いかぶさるように死んでたよ」

妻は毎晩のえさやりを担当していて、正味虫たちの生と最も向かい合ってきたといえる。思うところがあったのだろう。

キンモクセイの香りの中でその最後の二匹を埋めてやった。

「また来年も捕りに行こうな」。明るい息子の声にほっとした。

虫かごには大人の中指ほどに成長した六〇匹もの幼虫やら卵がひしめいている。

きれいな空気●その1

「空気が汚れる」ということをよく考える。

排気ガスなどによる化学的な汚染のことではなく、子どもたちを取り巻く空気のことである。子どもたちには、日常的に命令形や義務形のことばが襲いかかってくる。

「勉強しなさい」と言われても勉強しようという気にはなれない。大人ならだれでも経験済みのはずだ。ことばで言うより、自分が何か勉強らしいことをしている姿を見せよう。親が仕事を終えて遊んでばかりでは、子どもが学校から帰って勉強する気にはなれない。

「ちゃんとしなさい」

子どもにはこのことばの意味がわからない。何のために何をどうするのか、具体的な指示が必要だ。「ちゃんと」とは、「大人が自分にとって都合がいいと感じる」という意味にすぎない。

「早くしなさい」にいたっては、化粧に時間がかかった母親が、遅くなったのを子どものせいにしていないだろうか？　そうでなくても極力命令調は口に出さない。せめて「急ごうか」だ。

子どもは朝目覚めてから夜寝入るまで、身の周りのものが珍しくて楽しくてしかたがないのだ。生まれて初めての旅先で、とんでもない人間や風景を見て驚いている自分を想像すればよい。ドキドキ、ルンルンして、子どもの脳はフル回転。そんなとき好奇心が育つ。好奇心は学業のためだけでなく、人として幸せになるためにも最も大切なものだ。それが伸びるような空気をつくってあげることが大人の任務だ。

イライラしたときは、ひと呼吸でもふた呼吸でもいいから、言いたい気持ちをぐっと抑えて待ってやる。そのためには想像力が必要だ。子どもは今何に驚き、喜んでいるのか。なぜ早く歯をみがいてくれないのか。くつをはかないのか。

気分しだいで命令文を浴びせていると、空気が汚れてしまう。子どもの脳や精神の発達を望んでいるはずなのに、まったく逆のことをやっていることになる。

少々のもたつきや行動の沈滞を笑って見ていられる。そのためには、イライラやヒステリーを一回耐えたら、子どもの好奇心がひとつ向上すると考えよう。子どものためだ。大人ががんばろう。

きれいな空気●その2

南国のフルーツ・マンゴスチンの輸入が解禁され、ドリアンと並んでフルーツの双璧が日本でも手に入るようになった。現地タイのマンゴスチンの美味さは小憎らしいほどであるが、それはまたの機会に書くとして、ひき続きテーマは「きれいな空気」である。

両フルーツの本場タイでは、あいさつに「暑いね」などと言ったりはしない。タイは日本とは比べものにならない暑さだ。暑いにきまっているものを暑いといって何になる、といったところだろうか。代わりにこの季節なら、「今年はもうドリアン食べた？」と言う。これはなかなか風情があっていい。

口を開けば人の悪口やグチばかり言っている人がいる。そういう人は、暑いことや雨がつづくことにさえ怒っている。「暑くて自分はこんなにつらいんだ」と言いたそうだ。自分で思っているぶんには何の弊害もないけれど、その場の空気を汚すほどグチってはいけない。そういう人もそうでない人も、この夏からはスイカにでも焦点をしぼってみよう。

「今年はスイカ何個食べた？」でも「何個頬ずりした？」でもいいから、空気を穏やかにするあいさつを考えたほうがよろしい。そうやってアタマと気を使ったほうが、人のため自分のためになる。

たとえばグチを聞かされる相手が自分の大切な人で、毎度の無粋なグチでその人の人生を少しずつむしばんでいるとしたらどうだろう。

出世してほしい夫や、ステキに歳をとってほしい奥さんや、成績を伸ばしてほしい子どもたちが、グチや悪口といったマイナス力の強いことばを聞かされるせいで、能力を開花できずにいるかもしれない。道端で見つけた草花や、今日大笑いした話のような、プラス力の強いことばを大切な人に披露してあげよう。

ことばには言霊というものがある。グチや悪口は知らず知らずのうちに相手のやる気元気をむしばむ。自分が言ったことばは自分をも元気付けたり魂を吸い取ったりする。幼少時に音読が大切なのも、自分の声が自分の耳から意識に浸透するからだ。

気持ちのよい空気をつくるためには、気持ちのよいことばだ。とりあえずスイカ絡みの面白いあいさつでも考えてみよう。

V モラルのゆくえ

固い殻

知人がケータイを取り出そうとポケットを探ったところ、扇風機のリモコンが出てきた。朝、まちがって入れてきたらしい。大の大人が、ケータイを忘れたことにパニックになり、青ざめたという。

そういえば、「ケータイがなくなったら生きていけない」と若い人がテレビで応えているのを何度か見た。言ってることの切実さの割りには、ケラケラと笑う姿に不思議な気持ちになったものだ。

先日、ある親御さんから、高校三年生の息子に小論文を教えてやってほしいと電話があった。大学受験に必要だという。

「入試科目が小論文だけなので、うちの息子でも入れそう」

小論文だけで入れる大学が、何を教えてくれるのか僕には見当もつかないが、行きたいという人がいる限りはそれはそれで存在価値があるのだろう。

なかなかやる気を起こさない本人に、なんとか道を開いてやりたいという親の思いはひしひしと伝わってきた。本人には進学しようという意志はないらしい。

「大学に行くように息子を説得してほしい」と言われた時点で断るべきだったが、母親の熱意に押された。

「ケータイを持ってますから、かけてやってください」

母親は長いケータイ番号を告げて、あとは任せますからといった感じで電話を切った。嫌な予感はした。我が子のやる気や進路自体を、見も知らぬ他人に任せる感覚にも、高校生のケータイに電話することにも抵抗があった。

何度か押し間違えながら、長いケータイの番号をプッシュする。

電話に出た高校生は、寝起きのような声で「だれぇ?」とだけ言った。「れ」に強勢のある間延びしたタメ口だった。仲間内からしかかからないと決めてかかった油断しきった口調である。道具は立派なのにマナーや品性のかけらもない。

「君のお母さんに頼まれて電話してるんやけどね」

「ああっ?」

いらついた声に、返す言葉が見つからなくて、沈黙してしまった。

利便性と自己の世界を広げることが電話本来の目的であるはずなのに、彼が持つケータイは、人間関係を小さく閉ざしてしまう固い殻のような印象があった。

しかし考えてみると、大人子どもにかかわらず、ケータイの呼び出し音に「○○です」と名乗っている人を見たことはない。ケータイを持たない僕には想像のつかない理由があるのだろう。

その高校生に小論文を教えるのは僕には荷が重い気がして、黙って受話器を置いた。

なしくずし

昼間のファストフード店には、長い行列ができていた。二〇席近くあるテーブルは満席で、半分は近隣の高校生が占めている。おのおのテーブルにひじとあごをつけ、無言で手のひらのケータイを見つめている。会話のない異様な静けさ。指だけがせわしなく動いている。

三〇分待つと、列がすいた。やおら高校生たちは立ち上がり、列に並ぶ。今まで注文もせずに、テーブルを占拠していたのだ。ハンバーガーを手に席にもどると、彼らはカバンの中からペットボトルを取り出した。店長らしき男性は、苦虫をつぶしたような顔で見てみぬ振りをきめる。

アメリカのアフガン攻撃が続いている。タリバン側は、三〇〇人の民衆が死んだと発表した。むろん、アメリカの言いぶんは異なる。どちらも信用しないが、アメリカが認める誤爆も少なからずある。当然だ。今回使用された誘導爆弾の命中率は、所詮は五〇%にすぎない。それはハナからわかっていた。民間人に被害が出ないわけがない。

タリバンの最高指導者オマル師の住居が爆撃され、一〇歳の息子が死んだ。オマル師が生きて逃亡したと聞いたアメリカの国防長官は、ドアを蹴り壊すほど悔しがったという。この戦争の大義名分は、人を殺すことではなく、テロ行為の撲滅ではなかったか。

アフガンが破壊される映像は、「公開処刑」を見せつけられているような気分になる。かの地はイスラム教の独自の解釈にのっとって、現実に「公開処刑」を行っている国である。皮肉な話だ。自国が認める「公開処刑」を、最も対極にあり、敵対感情を抱く国によってくだされている。

日本は「支援」という名を借り、戦争に加担を決めた。

わが国は平和憲法を誇り、永久に戦争をしない国なんだ。僕らもそうだったし、僕らの子どもたちもそう信じている。相手より先に攻撃しなければ「武力行使」には当たらない、とエラい人たちが主張する。

戦争はよくない。こんなに単純明白な真実が、国家レベルでは曖昧になる。

ファストフード店は、おそらく最初のひとりの持ち込みを、注意せずにやり過ごしてしまったのだろう。乱れた風紀と守られない規則は、その一回の例外がもたらした。

日本の戦争参加が同じ道をたどらなければよいが。

二つの罪

朝、ある手続きをするために、なじみのオフィスに行った。受付の女性に会費を払って領収書を切ってもらう。

顔見知りの彼女のことで、前から気になっていることがある。彼女はいつも同じ字を間違って書くのだ。その字は、雑誌なんかでも誤植の多い字のひとつではある。だから誤字を云々言いたいわけではない。そんなことは罪でも恥でもない。

そこでは僕のほかにもたくさんの人が同じ手続きをする。そのたび彼女は同じ誤字を繰り返しているはずだ。今後もずっとそうだろう。そして、それを伝えられないでいる自分の無力が僕にははがゆいのだ。どうしてもうまく言い出せない。これは字を間違うことよりも、ずっと大きな罪なのだろう。忸怩《じくじ》たる思いでオフィスをあとにした。

夕方、まだ明るい時間に家族三人で近所のスーパーに行った。ひとりで外に出ると、すっかり暗くなっている。人の顔が見えない。「誰そ彼」を「たそがれ」とはうまく言ったものだ。日本人は四季があるおかげで、朝晩の長さの変化に敏感だったのだろう。妻と息子を待ちながら、車の中でそんなことを考えていた。

そのとき、一〇代半ばの少年が、車窓に顔をすりつけるようにして覗き込んできた。運転席の僕と目が合い、びくりとする。少年はふらふらと探しものをするような足取りで離れて行った。ひと気のない場所まで行くと、彼は一台の車のドアを開けようとした。ロックがかかっている。周りをうかがい、別の車のドアに手をかける。何をやっているのだろう。少年の顔は暗くて見えない。親の車を探しているのかと思ったが、そうではないようだ。また別の車に手を伸ばしている。

暗がりに溶けて行く少年の背中を見ているうちに、胸が騒いだ。……車上荒らし。

嫌なものを見てしまった。初めてではないのだろう。物腰が慣れている。追いかけて注意しなければという気持ちを、「でしゃばり」という都合のよい言いわけが押し留めた。あとに残ったのは、朝と同じ「罪深さ」だった。

受付の女性にうまく諭してあげられなかったこと。少年を見すごしてしまったこと。短い秋の一日に、二つの罪を重ねてしまった。

人格ありき

塾の高校生から聞いた話――。通学列車内で制汗スプレーを噴きまくる女子高校生の集団がいた。数本のスプレーをみなで回して「シューッ」とやる。車内にはスプレーが混じりあった匂いと、周りをはばからない彼女らの笑い声が広がった。周囲の客がじりじりし始めたころ、車掌がやって来た。

「ほかのお客さんに迷惑だからやめなさい」

彼女らは車掌とは目を合わさず、車掌が去るとその背中に向かってこう吐いた。

「死ね」

また別の日。同じ路線の列車内で、車内では禁止になっているはずのケータイ電話をかけつづける男子高校生のグループがいた。車内放送が電話を控えるよう呼びかけても、ひとりとしてやめようとしない。最低限の公衆道徳さえ守れない人間の品位など推して量るべしで、彼らの声の大きさと話の内容から、周囲の客があきれ顔になった。車掌が注意に来た。

「ケータイ電話をやめなさい」

男子高校生らはふてくされた。電話で話をつづけたまま、車掌の顔さえ見ようとしない。車掌が行くと、彼らは一斉にはき捨てた。

「死ね」

これを僕に苦々しく話してくれた高校生は、当然彼らの態度に憤慨している。おかしいことをおかしいと感じる当然の感性。それを失ってしまったような人が今あまりにも多い気がする。

文部科学省が来年度から「国語教育推進」を開始する。全国の約一〇〇校の小中高校で、生徒に対しては読書や作文の授業を設け、教師には日本語力を高める研修を実施するという。

先日、あるうどん店に入ろうとして、ほかの客と駐車場のゆずり合いになった。どうぞどうぞと互いに遠慮しあって進まない。結局先に来ていた相手にゆずったのだが、店に入るとそのことは忘れてしまっていた。うどんを食べ終わってしばらくすると、ひとりの男性がそっと寄ってきてささやいた。

「あ、あの……さっきはどうもすんません」

ゆずり合いの相手だとわかって、こちらが恐縮し、頭をかいた。ぎごちない口調ににじみ出る人がら。ことばとはこうやって使うものだと教えられた気がした。

まずは人格ありき、ということか。

urger
S burger
S burger

モラルのゆくえ

夜遅く、ある料亭の前を車で通りかかったら、背広姿の男性がタクシーを停めていた。道は一方通行の一車線。車一台がようやく通れる幅である。タクシーの後ろについて動くのを待った。

男性が店に向かって呼びかけると、中から数人、仲間が出てきて、タクシーを待たせたまま立ち話が始まった。接待をする側とされる側のようだ。みんな酔っていて足取りがたよりない。運転手が何度か後ろを気にするそぶりを見せる。

接待される側がようやくタクシーに乗り込んだ。と思ったら、車の中と外でまだ話はつづく。タクシーは動かない。

ぴったし五分。路上の立ち往生は長く感じる。ようやく発車した。送る三人が中の客に向かって深々と頭を下げる。酒のせいか、頭は接待の相手のことでいっぱいのようだ。後ろで待った僕には合図のひとつもなかった。

最新型ケータイを手にする中学生に「なんでセンセーはケータイを買わんのですか?」と訊かれたので「重いから」と答えたら大笑いされた。いやつまり、そのケータイはメールやインターネットができて写真まで撮れるんだろ。僕のパソコンにはカメラはついてないけど重いぞ。パソコンより機能が多いケータイは、だから相当重いだろ。そんなものは僕のポケットには入らない。そう言うと、またケラケラ笑っている。

人と会っている最中でも会議中でも劇場の中でも、なんで場所をわきまえずケータイで話すのか。以前から不思議に思っていたら、先日その答えがわかった。即レス、放置、着信拒否……。相手によって対応を変え、キープしたい相手のときはすぐに出る。そうしないと相手との仲にヒビが入る。だから周囲など気にしていられない。つまりマナーより自分の都合を優先する。

人はケータイを持つようになって無礼で薄情になった、と書いた作家がいた。

酒もケータイも、つまるところ扱う当人の覚悟が肝心だ。「みんながやっているから正しい」わけではない。自分の姿を常に鳥瞰《ちょうかん》する。そんな姿勢を忘れたら、やがてモラルは崩壊し、社会全体がぎくしゃくする。

そう考えると、やはりケータイとは相当「重い」ものなのだろう。持つには相当な覚悟が必要だ。僕には手に負えそうにない。

カメの運命

二週間に一度は近場の図書館で本を借りる。

夏の終わりのある朝、その図書館へのアクセス道を走っていて思わず車を停めた。

道の真ん中にカメがいる。甲羅が丸くて、見たこともない大型のカメ。ミドリガメだったか、ペットショップや縁日で売っている外来種だ。あれが成長して手に負えなくなったので池に放した——たぶんそんなところだろう。

そこは道路のはるか下方に池がある。水面までは木が茂った長い斜面がつづく。カメはどうやらそこを這い上がってきたようだ。人に例えると丸腰で富士に登るようなものか。さぞ大変だったにちがいない。

車を降りて近づくと、なんと牙をむいて跳びかかってきた。岩がぶつかり合うようなものすごい音をたてる。おいちょっと待て、カンちがいするな、助けてやろうというのだ。しかし猛然とアタックをしかけてくる。揚げ句、アスファルトの上で不器用に転がった。

離れて見ていると、やがて池とは反対方向に進み、道路わきのみぞに落ちた。で、まだ進む。めざす先には泥まみれの丸い岩。と思ったら、よく見て驚いた。さらにひとまわり大きい親ガメだった。二匹のカメが並んだところで、ひとまず安心。車に戻った。カメはなぜか池とは逆の方向に歩いて行った。

それから三カ月が過ぎた。沿道のサクラの葉は赤く染まり、すでに散った。今日、同じ場所でふと斜面の下を見ると、水がない。池は干上がり、クレーン車とダンプカーが走っている。改修工事だという。

なるほどそうだったのか。あのカメを思い出した。

はるかアメリカ・ミシシッピから運ばれてきて、売られた先では飼育途中で棄《す》てられた。ようやくたどりついた野の池は、また人間の手によってさら地になった。あのカメは、やがてなくなるすみかの運命を予知していたのではないか。

むきだしになった池の底はひび割れて、生き物の気配もない。

カメのあの捨て身の突撃には、身勝手な人間への怒りがこもっていたのではないだろうか。木は春になればまたにぎやかになる。しかし、ことごとく希望を剥ぎ取られたカメはどこで冬を越すのか。

二匹が歩いた先には次のすみかがあったのだろうか。

この親にして……

病院の廊下でこの原稿を書いている。

昨夜から嘔吐を繰り返す息子を連れてやって来た。二時間待ってようやく息子の順になり、点滴を打つことになった。風邪による嘔吐。点滴は一時間ほどかかるというので、付き添いを妻に任せて、ひとりでうどんを食べに出る。

店でテーブルについたところに、どやどやと小学生が四人、母親が二人入ってきた。食べ終えそうな客を指差し、小学生が、

「ここ空くでー」

母親に叫ぶ。バツが悪そうな顔をしたのは食べている二人の客だ。あ～あ。こういう光景は見ているだけで尻のすわりが悪い。案の定、二人の客はそそくさと席を立った。うどんもおつゆもまだ残っているのに。

小学生らはそこには座りきれずに、こっちのテーブルまではみだしてきた。僕はしかたなく

席を立ち、別のテーブルで相席をたのんだ。

母親二人は僕が立った席に突進するや、メニューに見入った。「すみません」のひと言もない。子どもに

「ぶっかけにする？」

とか何とか聞いて、

「うっさい。今考えよんじゃ」

と返され「はいはい」と笑っている。おいおい。反対だろ。子どもに厳しく、他人にやさしくしないといかんでしょ。

一見ふつうに見える大人の女性なのに、ふつうの気配りができないのはなぜだろう。この子どもたちは、他人を押しのけ、親をあごで使い、やっぱり同じような大人になっていくのだろうか。

うどんをすすり勘定を済ませようとしたら、店主がわざわざ奥から出てきて、

「お客さん、すみませんでした」と頭を下げた。見ていたのだ。

恐縮してこちらも頭を下げながら、あなたのお子さんは幸せですねと言いたくなった。子を持つ親にとって、いちばんうれしいことばだろうから。

店主のおかげで悪くはない気分で病院に戻ってくると、向かいの長いすに若くて美しい夫婦

がいる。母親の腕に抱かれた二歳ぐらいの男の子が、見事な美形なのだ。うちの息子ははっきり言って大負けしている。この親にしてこの子あり、だ（泣）。親ばかでもそのくらいわかる。

さて。そろそろ息子の点滴も終わるころだ。

病室に入っていくと、ビデオをかけてもらってご機嫌な息子が、一日ぶりに笑った。

Ⅵ 豊かさとは

クリスマスに

インドを歩くと物乞いの子どもたちに囲まれる。「パイサ」と手を開いて寄ってくる。パイサとはインドの通貨。一ルピー（約三円）の百分の一が一パイサである。

ある日本人旅行者が、つきまとう物乞いの子どもたちにうんざりしていた。いくら追っ払ってもついてくる。あるとき、ひとりの少年に「パイサ」と言って手のひらを開いて見せた。精一杯の皮肉をこめて。

すると少年は自分の住居である路上の敷き物へと走り、何かを手にしてもどってきた。「ハイ」と開いた手には、数枚のパイサのコインが……。

貧しい人は、より貧しい人に施しを。それがインド。少年は美しい勘違いをした。旅行者はうちのめされたという。

二三、四歳のまだ感受性の豊かだった僕は、このエピソードを聞いて衝撃を受け、のちにインドをめざした。

インド北部にブッダガヤという、釈迦が悟りを開いたとされる村がある。一時期、その村の寺の宿坊にひとりで寝起きした。

寺には老夫婦が住みこみで働いていた。掃除や僧侶の身辺の世話をする。夜は軒の下で寝る。部屋は与えられていない。彼らが持つのは一枚の衣装とやせた体。何十年と連れ添った伴侶。インドの空と大地。これが全財産。

彼らは一日一回チャパティを焼き、カレーをつくる。一枚の薄いチャパティを二人で分ける。寺の門の前に、おすわりをしてそのようすをじっと見ている犬がいた。老夫婦は、なけなしのチャパティを犬に与えて頭を一回なでてやる。犬は去る。どう見ても粗末で少ない一日一回のチャパティを、犬にやる。その満ち足りた顔。

今年は珍しくクリスマス前に雪が降った。息子は外に出てとび跳ねた。雪を見てときめいたのはいくつまでだっただろう。クリスマスの過ごし方も年齢とともに変わった。

一〇代は与えられる喜びしか知らなかった。家庭を持ち、子どもが生まれた三〇代、ようやく与える喜びを知った四〇代。少しは大人になれたのだろうか。それでも喜びを与えてもらっていることに変わりはない。クリスマスにそんなことを考えた。

みなさんはどんなイブを過ごされましたか。

おでんの幸せ

風鈴をかたづけた夜、赤ちょうちんでおでんをつついた。

天井近くに据えつけられた小型テレビから、「五二万円！」と叫ぶ声が聞こえる。まだ一〇代半ばの少女タレントが照れ笑いを浮かべている。

タレントたちの一日のふだん着の値段を公表する番組だった。額に応じてランキングを決め、発表をしている。

「第五位は五六万円！」

司会者が声をあげる。さっきとは別の幼な顔の少女タレントがアップで映る。

僕の隣りに座っていたスーツ姿の客がつぶやいた。

「わしらとひとけた違うな」

初対面の僕に、控えめに同意を求めている。

僕は曖昧に笑って返した。

ひとりで飲むときは、居合わせた客どうし、こうして退屈しのぎをする。今夜はテレビが話のアテだ。

司会のお笑いコンビのボケとツッコミに、スタジオのタレントたちは嬌声をあげた。ランキングの発表は続き、ふだん着の値段は一〇〇万円を超えた。どのタレントも、値がはるのは腕時計が高いからだと、自慢だか謙遜だかわからないようないいわけをしている。

小型テレビに映るスタジオは、徐々にヒートアップしていった。

やがて値段が百数十万円に達すると、さすがのタレントたちもため息を漏らし始めた。隣りの客は驚きと羨望の声をあげ、店の主人はあきれたように笑った。僕はテレビ画面から目をそらせる。タレントのふだん着の値段なんかより、僕の目下の関心事は、おでんを熱いうちに食べることである。

隣りの客が、「ひとけた違うな」と言ったとき、僕は同意しかねていた。一〇代のその少女が身につけた五六万円分のふだん着と僕のそれとは、きっちり「ふたけた」違っていたのだ。

幸せとは私有しないことである、と詠んだ詩人がいる。それを妄信するわけではないが、僕は腕時計も携帯電話も持っていない。そんなことで不便を感じたことはないし、何より持たない快適を手放したくはない。モノに対する欲心は、いい加減なほうが楽でいい。

小さなテレビ画面には、一位に輝いた男性俳優の得意げな顔が映っている。彼のその日のふだん着は、二九〇万円であった。
ビールとおでん、ヤキトリの、しめて一〇五〇円の勘定を払って、僕は腰を上げた。

楽しく生きる

バブルのころ、金曜の夜になると会社の仲間とよく銀座に出かけたものだ。金曜を「ハナキン」と呼んだ時代だ。深夜零時を過ぎるころ、銀座の街にはいたる所に大きなゴミ袋が現れる。店が生ゴミを山ほど出すのだ。酒に酔った僕らは、それをかついで「サンタさんごっこ」と走り回った。アホだけど元気であった。

そのころの仲間のひとりからメールが届いた。彼は脱サラ組の僕とはちがい、会社勤めをつづけて出世街道をひた走る堅実派である。元気と笑いがキャラの男だ。

メールにはこう書いてあった。

「今は楽しみといえば酒を飲むことくらいです。……さびしいですね」

今日本の自殺者は年間三万人にのぼるという。抗うつ剤市場はこの三年で三倍以上に増えた。要因は不況、将来への不安……。

何年か前、なぜ人を殺してはいけないのか、というふざけた議論を大マジメでやっていたテレビ番組があった。「いけない理由がわからない」という若者を納得させる回答は出なかったと記憶している。最近読んだ動物行動学の先生によれば、

「殺された人の身内があなたを殺しにくるからよ」

というのがもっとも説得力のある答えらしい。実際のところ、恐怖心に訴えるのは最終手段なのかもしれない。

もっともな回答として、

「相手の夢をつぶし、その親兄弟や子どもたちを悲しませる権利はだれにもない」

というのがある。しかし自殺者が多く、抗うつ剤が売れる時代に、人が夢や楽しみを持って生きている、という前提はいささか説得力に欠ける気がする。

将来に不安を感じるときはこう考えることにしている。つまり、今この世の中にあるすべてのものは、僕らがごっそり古人からゆずり受けたものだ。道路も港も学校も炊飯器もブランコも。僕らは何もしなくたって、生きていく道具はそろっている。せっかくの人生をつぶしてしまうほどの不安など最初からないのだ。

不況で苦しければムダを削ればいい。身軽になって、生きる楽しみを見つけることに神経を使おう。なぜ人を殺してはいけないのか、というあの問いは、「もっと楽しく生きようよ」と世に警告する鋭いメスだったのではないだろうか。

揚げパン

フランスパンを初めて食べたのは、二三歳の秋だった。会社の先輩に誘われて百貨店に行き、バケットを買った。それを握って先輩のアパートについて行くと、見たこともない珍妙な料理が並んでいた。先輩の手料理だという。

このおっさんはいったい何を考えているんだと思いながら食べてみたら、ひっくり返るほど美味い。なんたらとかいう、トリ肉を使ったロシア料理だった。

フランスパンは火であぶって食べた。その香ばしさは、コッペパンで幼少期を過ごした僕には、まさに「禁断の味」であった。

それから一八年がたった。

風邪でへこんでいた息子が久しぶりに笑って、

「フランスパン買いに行こ」

とねだる。パン屋に走ると「昔懐かしい揚げパン」の札があった。一個六〇円。しばし悩んで一個だけ買った。息子はフランスパンを握ってはしゃいでいる。

小学生の頃、月に一度の給食の揚げパンが楽しみだった。砂糖をたっぷりまぶしたパンが、とてつもないぜいたく品に感じたものだ。たまたま揚げパンの日に病欠したりすると、近所の子が学校帰りにわら半紙に包まれたそれを持って家に寄ってくれる。ついでに宿題も持って来る。わら半紙のパンに、斜め切りした半バナナが付いていたりすると、これはもう病気になった甲斐があったというもんだ。揚げパンもバナナもそれほど大物なのであった。

公園のベンチで、二〇数年ぶりの揚げパンを上に下にと眺めたおす。隣りで、息子がフランスパンにかじりつく。

二三歳で初めてフランスパンの味を知った人間と、幼少時から当然のように食べている人間では、感激の度合いにどのくらいの差があるのだろう。想像もつかない。どっちが幸せなのだろう——。

そんなことを考えながら揚げパンをかじる。砂糖が散る。咀嚼《そしゃく》する。

小学生のころ、あんなにいとおしかった揚げパンは、期待に反して実にそっけなく胃の中に収まっていった。息子にとって将来のフランスパンがきっとそうであるように、飽食にまみれた僕の舌には、あのぜいたく品が、愛想のないただのパンに成り下がっていたのだ。

長年の、ぜいたくに対する抑制力の欠如の結果なのである。

楽園

近くにまた新しい温泉ができた。

車で南へ走り、山をのぼり峠を越えた徳島県。こう書くと遠そうに聞こえるが、家からほんの二〇分。近い。そこまで行く間には別の温泉も五つほどある。

香川にUターンしてきた平成元年、まだ二〇代だった僕は、二日とあけずトレーニングジムに通っていた。体をいじめ汗を流さなければ調子が出ない、そんな若さが残っていた。

当時は近辺にジムはなく、高松まで片道一時間をかけて通った。一回五〇〇円の使用料を払って古い体育館で古びた器具を使い、二時間ほどストレッチとウエートトレーニングをやる。それからまた一時間をかけて帰ってくる。当時はそれが当たり前で、別段めんどうくさいとも不便だとも感じなかった。

ある本で、アイスクリームの歴史というのを読んだ。平安期の貴族は、高山から雪を運ばせて地下の氷室に保存した。雪はどんどん溶けていき、小さな氷のかたまりとなる。夏まで残るのは運んだ雪の何十分の一だ。彼らはそうやって貴重な「ただの氷」を口にした。その瞬間の感動は、おそらく僕らには想像もつかないものなのだろう。

今は年がら年じゅうアイスクリームが食べられる。店に行かなくても、家の冷蔵庫を開ければ手に入る。家庭用ソフトクリームメーカーというものまである。夏は冷房のおかげで氷は我慢でき、冬に暖房の中でアイスクリームが欲しくなる。夏の暑さの中、一片の氷を待ちわびた平安期の貴族が見たら、何でもそろった今の時代こそ彼らが夢に見た「楽園」なのにちがいない。

ジムも温泉も今ではどこの町内にもある。ところが週に三回ジムに通ったころの情熱は今は失せ、月に何度か汗する程度だ。自転車で一〇分とかからない距離を車で五分ですませている。その手軽さのせいなのか年のせいなのか、一時間ほどだらだらやっておしまいだ。休日にはお決まりのように「温泉でも行こか」と家族を誘う。

町内にジムや温泉ができると聞いたときの驚きと感激を思い出してみると、なんと恵まれた時代に暮らしているのか。自覚の乏しさにあきれ返る。相応のありがたさを忘れてしまっていた。

「今、ここ」はある種の「楽園」であることにまちがいはない。

公衆電話

「おもしろ百科」という昔の本を読み返していてこんな文章に遭遇した。

「現代では、公衆電話が私たちの暮らしに不可欠なものとなっています」

今年の夏、外出先から電話をかける必要があって公衆電話を探したことがある。相変わらず携帯電話は持っていない。以前とくらべて公衆電話の数はずいぶん減った。見つかったのは、とある公園の中だった。

電話ボックスの中は、のけぞりたくなるほど蒸していた。片ひざを上げてドアが閉まらないようにつっぱってみる。犬の立ちションだ。その格好で受話器を取る。熱い。思わず手離す。気合で握る。テレフォンカードを差し込ん……、入らないのである。何度やってもカードは押し戻されてくる。故障だ。

その公衆電話はもう長い間使われていないのだろう。ガの死骸とクモの巣にまみれていた。しかたなく車を走らせ駅前の電話ボックスに入った。なのに、ここもカードが入らない。あいにく小銭入れに一〇円玉はない。この時代に電話一本かけられない。いや、携帯電話が普及したこの時代だからこそ、なのか。途方に暮れた。

それでもケータイを持つ気分にはならない。自分の中では、そのくらいの不便はケータイの必要性にはつながらないのだ。どうも技術の進歩には抵抗したくなる性分のようだ。

冒頭の本が出たのは二〇年前である。

「私たちの暮らしに不可欠」であったはずの公衆電話は、二〇年で無用になったのか。

知人の女性がイタリア料理の店に入った。店は満席で、若いウエートレスが、

「席が空いたら連絡するからケータイの番号を教えてくれ」と言う。

「ケータイは持ってない」と答えると「それは困る」と真顔で迫る。

ウエートレスは、知人がケータイを持っているのに番号を教えたがらないと勘違いしたようだ。ケータイを持ってないなど夢にも思わなかったのだろう。

「ケータイがないとスパゲティも食べられないのか」

ひとりツッコミを入れて知人は店を出たそうだ。

前述の本の公衆電話の項は、こんな文でしめられている。

「今や、公衆電話も使いやすくなり（中略）近い将来、カードで電話がかけられるようにもなるそうです」

奨学金

緑色の小さな手帳を開くと一八歳のときの顔写真がある。「これ、だれ?」と息子。ははは、わからんか?

「こんな人、知らん」

無理もない。二五年になる。

日本育英協会の奨学生手帳。貸与月額二万三〇〇〇円。これのおかげで大学の四年間、何度ATMの前で安堵のため息をついたことか。

先日の新聞に「回収不能、四四四億円に」という見出しがあった。奨学金返済の滞納額。不況とはいえ、ため息はやりきれなさに変わった。

ショウガッキンということばを初めて聞いたのは中学三年のときだった。「僕は今でも奨学金の返済を続けているんだ」。話す担任教師の晴れやかな顔に、義務を果たすステキさを知った。いつか自分も奨学金を、と勇気がわいた一五の冬。

三年後、きっちりそのときはやってきた。国公立大学の入試変革が実施され、共通一次試験が始まった年。何もわからず、手探り状態での受験となった。

零細会社勤めの両親は、帰宅後も深夜まで内職をしていた。決して幸せには見えない働きづめの毎日。その姿は高校生の心に重くのしかかっていた。学費の高い私立より安い国立。かといって浪人をするわけにもいかない。よってすべり止めの私立大をたくさん受けた。

そんな二月のある夜。毎日のように私立大の入試に向かっていた。東京の安ホテルで、疲れのためどろのように眠っていたら母親から電話があった。

「毎日試験でしんどくないか」

「いや、全然」と強がる。

「浪人してもええけん、あんまり無理せんとき…」

明日の入試は休めという。電話はすぐに切れた。遠距離電話代だってばかにならない。受験料を払っているのに、疲れたからといって休むわけにはいかない。うちにそんな余裕はないはずだ。息子の身を案じる親心。東京の夜の心細さも手伝って、殺風景なホテルの天井が涙でにじんだ。ねぎらいはエールと受け取り、翌日も入試に向かった。

運良く国立大、私立大ともに合格し、「ショウガッキン」の世話にもなった。

社会人となり返還が始まった。

「今でも返済を続けている」と話す先生の晴れやかな顔。
「無理するな」と言った親心。滞納するわけにはいかなかった。

消費社会のぜい肉

脚本家・倉本聡さんの講演を聴いていて、昔出会ったある外国人女性を思い出した。

その人と初めて会ったのは、インドのカルカッタという町。時代に置き去られたような一泊八〇円の安宿だった。パイプベッドが一〇個並んだ大部屋で、見知らぬ旅人同士がざこ寝する。

そこにやたら目を引くカップルがいた。ハンサムでクールなフランス人男性とチュニジア生まれのエキゾチックな美人。二人はどこでどう出会ったのか、その美しい容姿と不思議な風情から、ほかの旅人の注目を集めた。その彼女と気が合い、昼夜幻惑的な顔を見つめて話し込むようになった。

「日本人に聞きたいことがあったのよ」

いたずらっぽく彼女が笑う。

「日本人は週に五〇時間も働くって本当なの?」

バブル当時の狂騒のごとく働き遊んだ日本の現実。チュニジアの彼女にとっては理解不能な世界なのかもしれない。まあね、と僕は答える。

「日本では朝、テレビやラジオが道端に転がっているって本当なの?」

「ああ、粗大ゴミね」

日本で当たり前の光景が、実は奇異なこと。もったいないね、と言ったあと彼女はつづけた。

「わたしはいつか彼と日本に行って、それらを集めてビジネスをするの。日本でお金を貯めてまた旅をつづけるのよ」——脱力人生。

二週間をその怠惰な安宿で過ごし、僕らは別れた。

僕はインドを南へ、彼女たちは北へと発った。

三カ月後。四千キロの旅を経て、インドの西の果てにある砂漠の村に着いた。そこで僕らは再会した。あまりの奇遇に声をあげて驚き、抱き合う。次は日本で会えればいいねと握手をして別れた。

それから二年。旅を終え、何気なく週刊誌をめくっていて、あっと声をあげた。

「道売りの外国人」というタイトルがついたグラビア。東京・銀座の路上で、彼女がひざを抱えてガラクタを売っていた。肩の力が抜けたたたずまいやエキゾチックな顔立ちはあのときのままだ。

まだ使えるガラクタ——。次々とモノを生みモノを捨てる消費社会が産み落とした心のぜい肉か。

彼女がやけにカッコよく見えたのは、消費によりかからない生活を貫く姿勢にあったのだと今は思う。

Ⅶ 地球人

僕のアメリカ

東京で会社勤めをしていたころ、オフィスはアメリカ色であった。社員のデスクはパーティションと呼ばれるついたてで個室仕様に仕切られ、整然としたフロアには当時まだ「アップル」と呼んでいたアメリカ製コンピュータが並んでいた。マウスを転がすと簡単に図形が描け、あっという間にフローチャートができあがる。生まれて初めてコンピュータに触れた僕には、それはまるで宇宙体験であった。

時を同じくして東京ディズニーランド。僕の中でアメリカが最も輝いていた時代だ。

それから二〇年。ベルリンの壁は崩れ、ソ連は解体し、時代は変わった。パワーバランスを失った世界で、アメリカは「世界の主権」になる状況を得た。ブッシュ父は湾岸戦争をしかけた。

大量破壊兵器は許さないという「大義」で始まった今回の戦争は、イラクの人と街を大量に殺害・破壊し尽くした。大義はフセイン政権打倒、イラクの解放・民主化と、戦争の進行中にも変遷した。

しかし問題なのは、掲げた大義ではなくて、「戦争」という手段を取ったこと。公表はされないが、おそらく何千・何万という人間が死んだということ。

自由化や民主化の必要がないというつもりはない。ただ、砂漠には砂漠の、アラブにはアラブの歴史・地理事情に適った流儀は本当になかったのだろうか。それを武力で切り崩し、片方の大義を浸透させるという手段にアタマが痛いのだ。

映画「独裁者」の中で、チャプリン演じるヒトラーが、地球儀の風船をもてあそぶシーンがある。世界征服を狙った独裁者を皮肉ったあのアメリカ映画が、今のアメリカを象徴しているように見えてしかたがない。

ひとつ確かなことは、これでアメリカはテロの恐怖から解放されることはなくなったということ。その結果、戦争も永遠に終わらない恐れもある。

イラクの戦後復興に励むアメリカ軍に同調する風潮が広まっても、イラクの一般市民が死んだ事実を忘れるわけにはいかない。

フセイン像が倒される映像を見たブッシュ息子が「やったぜ」と叫んだのと同じ日、アフガンではアメリカ軍の誤爆によって、民間人一一人が死んだ。

僕の中のアメリカも完全に崩壊した。

地球人として

大学を卒業して社会人になったばかりの塾生OBが、にこにこしながら訪ねて来た。七年ぶりの再会。青年に変貌した姿に、中学生のころの童顔が重なった。

携帯電話の会社で営業をやっていて、塾にもパンフレットを置いてほしいという。お安いご用、とパンフを一〇部ほど受け取って、教室の机に置いた。

それを見たひとりの中学生が言ったことばにドキリとした。

「先生はケータイの販売もやっとるん?」

これはえらいことやと。教室で物の販売をやっていると誤解されてはよろしくない。個人で営む小さな塾だ。風評には敏感にならざるをえない。元塾生には悪いけど、パンフはかばんにしまった。しまいながら、はて、これが会社にいたころならどうだろうと思いは飛躍した。

そういえばあのころ、会社の風評など気にしただろうか。給料・休日といった待遇さえよければいいや。会社を支えるという意識や誇りを持つどころか、酒の場でグチの対象になることさえあった。会社には最も依存していたはずなのに、自分と会社とはイコールではなかったのだ。

もっと広げて、「国」ならどうだろう。

国際線の飛行機に乗り合わせた日本人のある団体が、異国のスチュワーデスに「おい、ねえちゃん。酒持ってこい」

毎度の醜態。腹は立つ。しかし「同じ日本人として恥ずかしい」と行動には移さない。共通項が「国」に広がった分、良識は麻痺する。無関心だともいえる。

日本はアメリカのイラク攻撃を支持している。これは国民の本意ではない。現に多数の人が反戦デモに参加している。ただし、参加人数ン万人といっても、しょせんは一億数千万人の中の数万人。〇・一%にも満たない。こんな国の現状だけど、自分の恥とはとらえない。

そして「地球規模」で考えたらどうだろう。アメリカの戦争好きや、イラク・北朝鮮の体制を、同じ地球人として恥ずかしい。新聞の一面に載るイラクの赤ん坊の血を、自分の痛みのようにドキリとする。そんな感覚でいられたら、どれだけ世界は変わるだろう。世界が変わる前に、まず自分がどう変われるだろう。

元塾生の七年ぶりの笑顔に、思いはイラクの荒野にまで飛んだ。

ハロー

若いアメリカ人女性に、友人がポール・マッカートニーと遭遇したという話をしたら「ワオーッ」と目をむいた。が、意外に反応が淡白なのでよく聞いてみると、

「ポールは私の両親の世代なのよ」

と言う。さすがのポールも世代は超えられないらしい。彼女との年齢差を感じ、寂しくもあった。

そのあと、

「わたしはケビン・コスナーに会ったわよ」

と話は展開したので、

「僕はダライ・ラマを見た」

と応戦すると、さすがに相手は「おっ」という顔をした。が、すぐに

「わたしはアガシやグラフなどのテニス選手ならほとんど話をしたことがある」

と逆襲された。

ところで著名人に会ったときはどう声をかけるのか尋ねてみると、「ハーイ」だという。これは英語の中でも最も気安いあいさつだ。相手が著名人だからといって、かしこまることはないという。

では自国の大統領のブッシュが相手ならどうか。――やはり「ハーイ」だという。

それなら相手が日本の天皇陛下ならどうだ、といじわるしてみた。するとちょっとためらったあと、やっぱり「ハーイ」だという。

要するに英語の場合、ことばの使い分けは、相手ではなく状況に応じるのだということだ。たとえばホームパーティーに招待されたときなど、どんなに親しい相手でもホストに対しては「ハーイ」ではなく、フォーマルな「グッ・イーブニン」だと。

またこんなケースもある。インドネシアの共同トイレでノックをした。返事がない。再びノック。やはり無反応なのでドアを開けようとした。すると中から「クレイジー！」と叫ぶ女性の声が。びっくりした。さらに
「さっきからハローと答えているではないか」

と涙声で訴えてくる。中にいたのは白人女性だ。

ノックにはノックを返すのが世界共通だと思っていた。まさかトイレの中から、「ハロー(こ

んにちは)」とは予測もしないから、まったく耳に入ってなかったのだ。危うく変態扱いされるところであった。そんなハローの使い方もあるのだ。

ところでブッシュに対しては、今のところ「NO WAR」以外のあいさつが見当たらない。

ミスター・ブッシュ

どうも好きになれない。ブッシュ大統領が、である。しごく感情的なのは承知の上だ。理由は以下の三つ。

一つ。アフガン空爆が始まったころ、スピーチをする大統領の前にひとりの少女が躍り出た。壇上に向かって「NO　WAR!」と叫ぶ。いたいけなローティーン。警備員が力ずくで会場から引きずり出す。どんなに痛ましい表情で見ているのかと思ったら、ブッシュ大統領は冷たい眼で少女を見下ろし、片ほおをゆがめて笑っていた。

二つめ。イラク攻撃の正当性を訴えるスピーチで、「わが国の軍事力をもってすれば勝利は明白だ」と言い放った。イラクの軍事力拡大を阻止するための攻撃だというのに、自国の軍事力をアピールしたのだ。それに拍手を送る側近たち。

三つめは、自分には一分の落ち度もないといった表情。アメリカの大統領だから自信に満ちているのはわかる。しかし人間はあそこまで自分を過信していいものだろうか。まるで「神の力」を持ったようだ。まして政治家とはその任務の重さから、顔には何か苦悩めいたものがにじみ出るのが自然ではないだろうか。

イラク攻撃（＝イラク国民殺害）はイラク国民のためだと断言する彼のスピーチは、論理の矛盾から文法の間違いまで、うさん臭さにあふれている。どうも頭をひねってしまうのだ。

あれだけアフガンを空爆して、ビンラディンひとり捕らえることができないのだ。イラク国民を味方につけたフセイン大統領をどうやって倒すというのか。

先週フセイン大統領がブッシュとのテレビ対談を提案した。戦争は避けたいのだろう。二人がどんな話を展開するのか。期待したがブッシュはこれを無視した。

イラクの人は僕ら日本人を「敵」と見ている。日本はアメリカ側なのだからしかたがない。実際イージス艦は行った。

攻撃が始まれば日本は戦費の二割を負担させられるという予測もある。一兆数千億円……。大人ひとり当たり三万円。これを払って、同じアジアであるイラク国民から「敵」と見られる。これは忘れないでおかなければならない。

ブッシュはフセイン大統領や金正日総書記を「独裁者だ」と非難するが、彼は世界の独裁者になりたくてしかたがない。そんな印象を持ってしまうのである。

血と喪の色

若い女性テロリストが自分の体に自爆用の爆弾を巻きつけるとき、望んでいたのは「ただの自由」である。向かう相手は世界の大国ロシアと国際世論。

チェチェン人によるモスクワの劇場占拠事件は、ロシア軍特殊部隊の強行突入によって幕を閉じた。人質とテロリストたちの一五〇を超える人の命を、まるで害虫を駆除するかのように大国は踏みつぶした。現場写真には、絶命して座席にもたれかかるテロリストの女性イスラム教徒が写っている。有毒ガスで身動きできないところを銃殺されたという。死体を覆う黒い民族衣装が目に焼きついて離れない。

似たような三つのシーンを思い出した。

ひとつは一〇年以上前、北インド山村のチベット難民キャンプで見た映像。機関銃を乱射する中国人官兵に向かって、石ころを投げて応戦するチベット人僧侶。中国政府の非道な弾圧に対して、チベット人は徹底した非武装主義。転がる死体がまとったサフラン色の袈裟……。

二つめは昨年、東欧の小国ラトビア。大国イギリスに対して、一六歳の少女がたったひとりで牙をむいた。公衆の面前、天下の往来でチャールズ皇太子にビンタを食らわせたのだ。

「アフガン空爆は許せない」

皇太子は「自由の記念碑」式典のために当地を訪れていた。背すじをピンと伸ばした美しい少女の自由と正義。手には二本の赤いカーネーション。黒い衣装に赤い花……。

三つめは先月のバリ島ディスコ爆破。あの島は、行けばわかるが、はしゃぐ白人たちに現地の人がかしずく場所だ。多数の犠牲者を出したオーストラリアの首相は対テロ戦争を宣言した。しかし九・一一テロの後アフガン空爆がなかったら、はたして今回の爆破はあっただろうか。バリ島のあの地区を象徴するのは、夜の漆黒と赤いネオンのけばけばしさ……。

テロはもちろん正当化できるものではない。が、すべての事件に共通するのは、大国のおごりと圧政、窮地に追い込まれた少数派の正義という図式である。そして血と喪の色。

チェチェン人は長年ロシア軍の侵略・空爆に虐げられてきた。それを見過ごしてきた国際世論。ひとつのテロを力で制しても何が解決するのか。

女性テロリストは生涯、ただの自由も知らずに死んでいった。

アフガンへの思い

一九八八年秋――。ネパールのカトマンズにある日本食堂で新聞を読んでいると、小さな記事に目がとまった。ソ連軍侵攻中のアフガニスタンで、日本人の若い女性写真家が地雷を踏んで死んだ。「歩いてはいけない」と言われた車道の外に、ほんの何歩か足を踏み入れ吹き飛んだという。

事故は当時、旅行者のあいだで語られた。ネパールやインドあたりを旅する旅行者の中には、陸路アフガニスタンに入っていく者も多い。同じ日本人の死に、彼らはアフガンの危険性を身近に感じ旅の予定を変更した。僕も例にもれなかった。女性の死が旅を中断する理由のひとつにもなった。が、そのときは彼女の名前も覚えてなかった。

去年、アメリカがアフガンを爆撃し始めたころ、ネットでこんな文章を見つけた――。今から一五年前、ある書店に南條直子さんという写真家がやってきた。個展の案内のチラシを置いてほしいという。何日か経ってていねいな礼状が届いた。チラシは預けっぱなしにする人が多く、そうやって事後の礼が届くことは少ないそうだ。文章はつづく。その一年後に南條さんはアフガンで死んだ、と。——ああ、あの人だ。一四年前にカトマンズで読んだ新聞記事。

この人の死がなければ僕もアフガンに行き、もしかすると地雷を踏んでいたかもしれないのだ。歩いてはいけないと言われたら歩いてみたくなる。写真家でなくても、僕らだってそんな気持ちで旅をした。

そんなこともあってアフガンには思い入れがある。

腹をさするほど食事ができる。子どものおもちゃは山盛りだ。買うまいと心に決めても周りからどんどん入ってくる。日本はそういうシステムになっている。ここで暮らしていては、飢えたアフガンの人たちの思いは想像もつかない。なにしろ生まれてこのかた、僕は食べ過ぎで苦しい思いはしても、空腹にのたうちまわった記憶がない。

だからせめて彼らの窮状を知ろうとする姿勢は持っていたい。それを失ったら、同じ人間として、生きているだけで罪な気がする。

アフガンを描いた映画が上映される。あのとき行きそこねたアフガンに、今度こそきっちり近づきたい。一四年前の思いを胸に、この週末は「カンダハール」を見に行こう。

枯れたアフガン

押し入れの奥から古い百科事典が出てきた。小学四年生のときに買ったものだ。三〇年も前のことなのに、買うにいたった経緯をつぶさに覚えている。

決して裕福ではなかったうちの玄関に、ある夜スーツ姿の男性が現れた。母親は男性の強引なセールストークに負け、

「近所ではみなさん買ってますよ」

のひと言に、とうとうハンコを押した。二万八八〇〇円。三〇年前の二万八八〇〇円である。父親が帰宅すると、高い出費をめぐって夫婦ゲンカが始まった。

計一二巻の大きな荷物は、以来僕の部屋の本棚のいちばん下の段に鎮座しつづけた。「動物・昆虫」の巻以外は、一ページたりとも開いた記憶がない。

幾度かの引っ越しを経て、押し入れの中に配置替えしていた事典の「地理」の巻をめくってみると、ふと一枚の写真に手がとまった。羊の群れを連れた一人の男性。背景は豊かな緑の山

である。キャプションに驚いた。

「アフガニスタンの放牧」とある。

現在の渇き切った褐色の土地からは想像もつかない光景だ。

アフガニスタンの貧困は、地球の温暖化が原因だという。国をうるおしていた雪解け水が、温暖化のために流れなくなり、土地は枯れ作物は育たなくなった。人々は飢えた。温暖化の原因は、地球上のごく一部の国の文明偏重の消費生活のせいだ。日本ももちろんこれに含まれる。

米国の大統領は自爆テロの動機を「われわれの文明へのひがみだ」と一笑した。そうだろうか。もしかしてビンラディン氏は、アフガンの民の積年の飢えとパレスチナの苦難を一人背に負って、「文明偏重」に向かっていったのではないのか。

一〇月にまだ四歳だった息子が、広場の鉄塔を見あげてつぶやいた。

「ここには飛行機はぶつからんの?」

最初は何を言っているのかわからなかった。ニュースで連日あの映像を見ていた息子は、四歳なりに関心を持ち不安を感じていたのだろう。事件の背景と悲しみを説明し、この空はそのアメリカへもアフガンへも一ミリの切れ目もなくつづいているのだと話して聞かせた。どんな思いを巡らせたのか、空の向こうを見つめていた。三〇年ぶりに日の目を見た百科事典をひざに乗せ、テレビで見るのとはちがうアフガンの緑の大地に親子で見入っている。

憎しみ合いの発端

アフリカだったか、ある種のネズミは集団自殺をするという。数万匹の群れが海に向かって突進するのだ。走るネズミに「なんで死ぬのか」と聞けば「人間はなんで死なないのか」と問い返すだろう。彼らにとっては、集団自殺は自然の行為なのだ。互いに相手の行為は理解の範ちゅうを越えている。このネズミと人間が同じ行動をとることは想像できない。

異宗教間の摩擦もこれに似ている。どちらがいい悪いはなく、絶対視する対象の違いがあるだけである。

九・一一のテロのテレビ報道では、こんなシーンがときおり見られた。パレスチナやアラブ側の専門家が、テロに到ったこれまでの背景を説明しようとすると、局のキャスターが発言をさえぎり、黙らせる。報道は被害の大きさを伝えることに終始し、根本の問題を解説しない。どれだけの日本人が、経緯や歴史を理解したうえで、武力行使に納得するのか。証拠はわれわれの前には提示されていない。仮に今回の首謀者がビンラディン氏だとして、惨劇は突発的に起こったわけではない。経緯というものは歴然と存在する。

事件発生後、米国大統領はすぐに報復を口にした。崩壊するビルから飛び降りる被害者たち——。それを目撃した人が、ショックに震えながらその口で「まだ見ぬ敵」への報復を叫ぶ。そんな人の心の動きように、憎しみ合いの発端を見た思いがした。

小泉首相は今回、ずいぶんカッコ悪く見えた。毅然と「報復反対」を唱えるものだと信じていた。日本には独自のスタンスがあるはずだ。原爆を落とされて、落とし返そうと考えた人間がいたか。国際社会から取り残されても、日本人の心に「誇り」は残る。二一世紀は「心の時代」ではなかったか。

ノーベル平和賞受賞者のチベット仏教ダライラマ法王は、あの日すぐに大統領に手紙を送った。深い哀悼の意を述べたあと、法王は「暴力は、暴力の連鎖を増長させるだけです。大統領が正しい判断を下されることを私は信じています」と熱いメッセージを込めた。法王の願いは届かなかった。

ネズミが集団自殺をするのは、種の保存、つまり子孫繁栄のためである。増えすぎた種の存続をかけて、自らの命を絶つのである。

同じ種である人間どうし、あとどれだけ殺し合おうというのか。人間はネズミに劣るのか。

Ⅷ 星空を見上げたら

ふたつのふで箱

五年前の春、教室用のふで箱を新調した。それを見つけた中学一年生の生徒が「ぼくのと同じや」と飛んできた。

なるほど彼が持ってきたふで箱は、デザインも色も僕の新品と同じだ。でもよく見ると、彼のはファスナーの握りとふち取りが皮製で、僕のより五〇〇円ほど高価なものだった。僕のは安っぽいビニール製だ。彼は気づいてないようなので、適当に話を合わせて笑っておいた。

上等なはずの彼のふで箱は、秋を待たず姿を消した。彼はその後、半年に一度のペースで新しいふで箱に買い替えていた。その彼も高校三年生になった。

一方、僕のふで箱のビニール製の握りは、三カ月ほどで擦り切れてなくなり、縫い合わせの糸もほつれた。やがて哀れな姿になり下がり、でも何とか今もふで箱の機能は果たしている。

それとは別に、自宅の書斎で使っているふで箱がある。買ったのは僕が高校三年生のときだから、二三年前のことになる。

当時大好きだった二つ年下の女の子がいた。ブレザーの制服のよく似合う小柄で色白の女の子だった。受験勉強はそっちのけで、僕は彼女に夢中になった。といっても、たまにデートをしても目も合わせられない。照れくさいのだ。電話をかけても、緊張のあまり僕の口はうまく動いてくれない。――僕らはうぶだった。

昼休みの校舎の屋上で、何のきっかけだったか、おそろいのふで箱を使おうという話になった。近くの文具店に買いに行こうと約束をする。したはいいけど、二人で街を歩くのが気恥ずかしい。結局、彼女ひとりに行かせてしまった。彼女はライオンとカメの絵がついたそろいのふで箱を買ってきた。それに互いの名前を書き、交換して使った。

半年後、僕は高校を卒業して、大阪で下宿生活を始めた。彼女とは手紙のやりとりが始まった。最初は胸躍った文通も、やがて手紙の数は減り、一年後には涙も流さずに僕らは別れた。

大学を卒業して東京で働いたあと、僕は一二年ぶりにこの町に帰ってきた。

二三年前の彼女は今、キッチンで僕と息子の朝食を作っている。

Uターン後、十数年ぶりに僕らは再会し、結婚をした。「縁」なのだろう。あのふで箱も、いまだ現役だ。

二五年めの誓い

女の子と初めて映画を見たのは一七歳のときだった。大学受験がまぢかに迫った高校三年。両親には高松の図書館に勉強しに行くとウソをついて家を出た。

待ち合わせは国鉄三本松駅。

初デートの緊張と、親にウソをついたやましさから、おどおどと改札口に向かう。

そこへ背後から声がした。

「ひろちゃん！」

日曜朝の静かな三本松駅にその声はこだました。

こわごわ振り返ると、おしゃべりなことで有名な近所のおばさんが立っていた。よりによっていちばん会ってはマズい人物である。

「どこ行っきょんな？　大事な時期やというのに」

「いや、ちょっと映画見に高松へ」

映画にちょっともたっぷりもない。僕がビビッているのを察知したのか、おばさんは言った。

「心配せんとき。ナイショにしとくから」

ああ、そのひと言がこわいのだ。今日ひろちゃんは女の子と映画行ったと町内放送されているような気分になった。

悪夢を振り払うかのように僕らは汽車に乗った。

四人がけシートに向かい合って座ると、彼女との距離が意外に近くてドキドキした。目が合うたびにひきつった笑いを返さないといけないので、窓の外の海を眺めてごまかす。それにしても女の子はどうしてそんなに自然に笑えるのか。ひきつっているのはいつも男の方で、なんだかカッコ悪いじゃないか。

そんな感じで高松に着いた。

記念すべき初デートの映画は、当時全盛の角川映画「野性の証明」。ラストのシーンで、中学生の薬師丸ひろ子さんを背負って、群れる戦車に拳銃ひとつで向かっていく高倉健さんのかっこよさよ。

帰宅すると、ナイショのはずの映画行きはきっちり両親に知れ渡っていた。

ちょうど今、そのときの彼女が階下で迫力のあるクシャミを連発した。純情可憐だった少女も、結婚をして子どもを産んでおじさんの面倒を見ていると迫力がつくのも無理はない。すべてはわたしの責任だ。

健さんにはなれなかったけれど、一緒にいればそのうちまた楽しい思いもさせてあげられるよと、あれから二四年たって今日四二歳になったおじさんは、心ひそかに誓っているのだよ。

星空を見上げたら

息子が生後三カ月のころ、寝てばかりの顔をのぞきこんでは明るいため息をつく。学校の運動会とちがって、大人の行事には予行演習がない。喜びも緊張もいきなりやってくる。危なっかしい手つきで赤ん坊を抱いたりあやしたりしていた。

あるとき、いつもの寝顔を見ていると、突然得体の知れないアセリのようなものが襲ってきた。だれにも教わってないのに規則正しい呼吸を繰り返すけなげな姿を見て、ぼぉ～っとした日常を送っていることに言いようのない後ろめたさを感じたのだ。——これは何かを始めなければ。

書斎にこもって朝まで机に向かう毎日が始まった。昔の長い放浪の旅を書いておこう。オヤジは若いころこんなことをやっていたのだ。どうだ、ヘンなヤツだろ。いつか読んでもらえるはずだ。自分にできることといえばそんなことくらいだった。

ところが。文章は読むと書くでは大違いであった。いや……生まれてこの方、ろくに本も読まずに過ごしてきた。生まれ育った家には本など一冊も転がってなかった。そんな環境にいた人間に、いきなり文章など書けるわけがない。朝までかけて一行も書けない。書いてもおもしろくない。自分の息子に読ませる文章さえ書けないみじめさ……。夜はしらじらと明けていった。

虫の声に包まれたそんな秋の夜。もうあきらめようと思った矢先のこと。塾から家へ帰る途中で、ふと空を見上げると、民家の二階の明かりが目に映った。窓に人影が見える。そういえばここは塾生の家。つい数分前までうちの教室で頭をひねっていたのに、もう机に向かっている。部活で疲れ、塾で勉強し、深夜に自室でがんばる姿がカーテン越しに伝わってきたのだ。

——オレももう一度キバッテみるか。

半年後。千枚分の原稿ができあがった。

将来のたったひとりの少年のために書いた原稿は、大手出版社から本となって売り出され、数万人の読者に読まれることになった。翌年には二冊目が出版された。全国の読者からハガキや手紙が山のように届いた。

人生には思いもよらないことが起こるものだ。どこに何が転がっているかわからない。夜露のような淡い幸せでいい。今夜も空を見上げてみようか。

身ひとつ

塾を始めて一二年になるが、まだこんなハガキが届く。

「塾を始めてみませんか」

フランチャイズ加盟の勧誘だ。キャッチコピーは、「誰にでもできます」。テキストとノウハウは本部から送られてくる。理髪店を営む友人宅にも、青果店の知人宅にも同じハガキはくるという。

出資金ン百万円で、毎月ン十万円の収入を保証する、とハガキはいう。そんな甘言に誰がのるかと思っていたら、世にはいろんな人がいる。始めたはよいが、話が違うと裁判沙汰になるケースは紙面で周知の通り。なまの人間（しかも子ども）相手に、小手先のノウハウなど微塵も役立たない。

大学を出たら、後学のため都会で働く。三〇歳までにUターンして、何か事業を始めよう。四〇までには、もうひとつくらい別のことも始めたい。条件は、身ひとつで勝負できること。

一〇年スパンで将来を考える。そんなことを中学生の頃から考えていた。現実は、二七歳で東京の会社を辞め、海外を放浪した。帰国したら二九歳になっていた。

旅から帰って、何の仕事を始めようかと考えた。引越し荷物を整理していて、高校時分の地理の教科書が目にとまった。インドネシアのスマトラ島の章を読む。無味乾燥な文章は、旅先で見たスマトラ西岸の夕陽がかき消した。

ヤシ林をおおう茜色の空——島の匂いや音、コーランの旋律がよみがえる。

自分にできることは、なまで見たものを、じかに子どもたちに伝えることではないか。英語もそうだ。会社員の頃は、英語を使うのは欧米人が相手のときだった。旅に出て、アジアの人が話す英語やピジョンイングリッシュを知った。英米人が話すものだけが英語ではない。実社会を経た人間として、学校の先生とは違った臨場感で僕は語ることができるのではないか。そうやって塾を始めた。

塾長と呼ばれる人間が、誘拐事件を起こした。フランチャイズの塾で、通う生徒はひとり。教えるのは塾長の妻。では塾長は何をやっていたのか。なぜそれをマスコミは塾長と呼ぶのか。

塾といってもさまざまだ。英語を話さない英語講師がいれば、教職課程さえ履修していない講師もいる。もちろんいろいろあっていいのだろうけど、安易に始めた人間と一緒にされては迷惑な人もいる。身ひとつ、手づくりで勝負する者もいるのだ。

時は過ぎる

高校を出て初めての冬、大阪のアパートに母校の三本松高校から電話があった。新聞部の顧問の先生からで、年末発行の「三高新聞」に卒業生代表として寄稿してくれという。受験のアドバイスや高校生活の思い出をテーマにどうかひとつ頼む、と。

お堅いテーマに返事を渋っていると、

「何を書いてもいいから」と顧問はささやく。

「軽い内容でいいからな」

そういうことならと、大いに安心して引き受けた。

数日後、原稿用紙が送られてきた。暖房器具もない四畳半ひとまのアパートで、電球の切れたコタツに足を突っ込み、頭をひねった。飲むと必ず二日酔いになる二級ウイスキーを茶わんに注いで原稿用紙をにらむ。卒業して一年もたたない高校時代を思い出してみる。

一年のときバイクに二人乗りしていて補導された。昼休みには校舎の裏山で仲間とたばこを吸う。大便トイレにしゃがむと上から水をかけられた。……ロクなことをしてない。あ、恋もした。実に健全で大笑いの高校時代であった。そんなことを大まじめで書いた。

原稿を見て、もと担任教師と新聞部の顧問は、

「ものには限度がある」

と頭を抱えたそうだ。

できあがった「三高新聞」には、原稿は一字の訂正もされずに掲載されていた。さすが母校、太っ腹である。しかし恥をかくのは書いた本人なのであった。

別のページに、イタリアを旅してきたという若い地理の先生の紀行文があった。春休みに帰省したおり、職員室に遊びに行くと先生方に囲まれた。僕の大学の専攻がイタリア語だと知った地理の先生は「今度通訳たのむで」と、なかなかにシブい顔で言い寄ってきた。先生方の顔も職員室の匂いも、在校時の印象とはひと味もふた味もちがい、なんともほんわかと居心地のいいものだった。

あんな昔に吸っていたたばこも今はやめ、恋した相手は、前にも書いたがその一四年後に妻となった。若かった地理の先生は、この春母校で校長先生になられた。

この連載も一年が過ぎた。このところ、時が過ぎるのが惜しくてしかたがない。ちょっと待ってくれよと、できることなら襟足を掴んで引き止めてみたくなったりする。

祖父のてんぷら

この春、ある場所で講演を行なった。軽い気持ちで出かけてみると、壇上の金屏風と集まった人の顔ぶれに、思わずのけぞってしまった。座席には人生の大先輩たち、地元企業のトップが颯爽と陣取り、おごそかな空気が漂っていたのである。

講演前のお食事会には豪勢な料理が並んだ。緊張のあまり、箸が進まない。なんとか喉を通ったのは、ぬるくなったお茶とお新香だけだった。

慣れないことはやるもんじゃない。自分が人前で話すことにどれだけ向いていないかを思い知らされた。それが収穫といえば収穫である。

冷や汗もので話を終え、歓談をしていると、ひとりの男性が近づいてきた。

「クロカワさんて、あのさかな屋さんの一党?」

「一党」とはまた、ずいぶん構えた言葉である。男性の立派な身なりに、僕も構えて次の言葉を待った。

「あそこのてんぷら、昔よく食べさせてもらいました」

男性は微笑んだ。ほっとした。

昔、祖父はさかな屋を営んでいた。ハモやグチのすり身を揚げたてんぷらも売っていた。その味は、今だに土地の人に誉めていただく。祖父がさかな屋をたたんで三〇年、死んで一二年になる。

一枚一〇円の分厚いてんぷら。揚げる時間になると、店の前には行列ができた。新聞紙に包んだてんぷらを、大切そうに抱えて帰る人たち。近所の子どもたちは、残り物をもらって海に走った。てんぷらをエサにすると、秋にはよくバリゴが釣れた。思い浮かぶのはモノクロの光景だ。それはそのまま僕の幼少時の原風景になっている。

小学生の頃、「サカナ屋のクロカワか」と大人に言われるのが嫌だった。自分の家がサカナ屋だったわけではなかったし、人の心の敷居をいきなり飛び越えてくるような質問に、子どもながら戸惑った。今は何ともない。

祖父は不器用な人で、旨いてんぷらを揚げるために、儲けを度外視して材料にこだわった。挙げ句、借金を残して亡くなった。

店はなくなり町の景色も変わったが、味の記憶は土地の人の心に残った。祖父も本望だろう。

僕の講演とはえらい違いだ。

一〇代の夢

冬休みにケータイを使い過ぎて料金が高くついたと、塾の高校生が悔やんでいた。金額を聞いて驚いた。僕のひと月分のこづかいを超えている。おまけに彼女には、それとは別に月のこづかいがあるというではないか。

恐るべきケータイ高校生と唸っていたら、そのあと中学生と話をして、とどめをさされた気分になった。僕のこづかいは中学生のケータイ料金にも負けていた。

三年前にたばこをやめた。お酒も飲みに出かけなくなった。今、毎月のこづかいの使いみちは本代、晩酌の酒代、息子と飲む缶ジュース代、シーズン中なら好きな球団がサヨナラ勝ちしたときだけ買うスポーツ新聞……。

たいした額ではないから、安いこづかいでもおつりがある。おつりは貯めておいて年に一度、ひとりで海外へ旅に出る。旅は俗にいう貧乏旅行だ。海外に行っておいてどこが貧乏だと思われるかもしれないが、現地の人たちと同じ安い交通手段を使い、安い宿に泊まり、安い食堂でおいしく食べる。行き先は物価の安いアジアが多い。なぜか自分には肌に合う。往復の航空運賃を入れても、高校生のケータイ代三カ月分でおつりがくる。

中学生のころ、海外ラジオ短波放送を聴いた。はるか遠い空から届いてくる声は、ノイズにまみれてかすかにしか聞こえないが、ロマンを感じるには十分だった。局に受信レポートを送ると、ベリカードという、写真付きのカードが送られてくる。海を渡って郵便が届くということ自体がうれしくて、ため息をつきながら眺めていたものだ。

当時は海外を旅するなど夢のまた夢、幻想にすぎなかった。

大学は外国語大学に進んで商社に就職した。一〇代半ばにめばえた海外に対する幻想がきっちり進路に作用したようだ。ついには会社を辞めて二年も海外をほっつき歩いた。それで幻想はうまく昇華したつもりでいた。

先日、中学二年生の英語の教科書にこんな文章を見つけた。

「I want to play around the world.」

前後のつながりから、「世界中で演奏をしたい」と訳すのが正しいのだが、見た瞬間、「ぼくは世界中で遊びたい」

と頭の中で訳していた。一〇代の夢と幻想は実はまだ費えてないのかもしれない。四〇を過ぎてもワクワクする。悪くはない……か。

同じ町の小説家

同じ町に住んでいながら、その人とは話をしたことも街ですれちがったこともなかった。噂を聞いてはため息をつく。それが彼と僕との距離である。

年に何度か、彼の家の前を通って赤ちょうちんに寄る。見上げるといつも二階の窓には明かりが灯り、彼の影が見える。ごく普通の民家の一室がまるで聖域めいて見えるのは、血肉をも削るような創作活動ゆえだろう。

二階で創作に励む彼と、窓の下をおでんとビールをめざして歩く僕。その距離が、何となく人としての才覚の違いを表している気がする。

五年前、ある出版社の懸賞ホラー小説の選考で、作家のH氏が彼の作品と人格をずいぶん不当に批判した。彼が同じ町の人ということ以外は何も知らなかったが、僕はH氏にえらく腹を立てた。

故郷の三本松が好きだということ。自分の意思でサラリーマンを辞めたこと。彼との接点はそれだけ。辞職後、かたやベストセラーとなる小説を書き、かたやしがない塾のセンセイ。香川の人なら、いや日本人なら誰でも知っている彼の小説は、映画にもなり現在パートⅡ上映中。

夏休みが近づいたある日、中学一年の男子が珍しく分厚い本を読みふけっていた。「めっちゃオモロイ」と男子生徒がかざしたのは彼のデビュー作だった。別の生徒は、二段組六六六ページのその小説をたった二晩で読みきったという。

ある人からお声がかかり、初めて彼と会った。

「H氏のこと恨んでいますか」

愚と知りながら訊いてみる。

「Hさんには感謝していますよ」

彼はいたずらっぽく笑って継いだ。

「批評は本の帯にも使わせてもらいましたし」

憧れの彼は、こちらが恐縮するほど礼儀正しく、謙虚な人であった。

世に作品を問うことの意味を、ほんの小指の爪の先ほどなら想像がつく。世間とのギャップ。わかろうともしないのに口にする人。一〇〇万部売れた小説だ。名誉も風当たりもケタ違いだろう。すべて知り尽くした人だけが持つ威厳と温厚さで、彼は淡々とことばを選んで話す。

今夜も彼の窓には机に向かう姿が映った。全国のファンが次の作品を待っていますよ。あいかわらずの距離から活躍を祈った。

前略おじいさん

僕には数え切れないほどの欠点があるけれど、いい所もひとつか二つはあって、中のひとつがご老人と話が合うということ。

国際線の機内で日本人の老夫婦と隣り合わせたことがある。こちらはひとり、相手はご夫婦。こういうケースは、たいてい声をかけるきっかけがつかみにくいものだけれど、離陸後斜めになった機内で、おじいさんはにこにこと話しかけてくれた。

アテンダントが機内食の準備を始めるころには、僕らはすっかり打ち解けていた。海外は初めてだというお二人に、行き先のタイの料理や簡単なタイ語の話をしてあげた。

アテンダントが腰をかがめて

「チキン・オア・フィッシュ?」

と訊いてきた。

フィッシュ、と答えると、おじいさんが「チキンはお好きじゃない?」と訊く。好きですよと答えると、彼はチキンをたのんだ。

食事中も話ははずんだ。ふと彼のトレーを見ると、チキンが丸々残っている。

「食べないのですか？」

「いやあ、わたしは菜食主義なんですよ」

と頭をかく。肉を食べないのは単に「動物のため」だという。ではなぜチキンを、と訊くと
「あなたに食べてもらおうと思ったのですよ」

いたずらが見つかった子どものように笑う。

隣で人が食べるのは気にならない、肉を食べないのはわたしの勝手ですからぜひどうぞ、というので遠慮なくいただいた。

「今回の旅行は息子夫婦がプレゼントしてくれたんですよ」

おじいさんのことばに、奥さんが隣で目を細めた。その声が届いたのか、斜め前にいた若夫婦がこちらを振り返って照れたように会釈をした。

飛び立って五時間。タイ・バンコクに到着した。

「長い時間こんな年寄りの相手をしてくださってありがとう」

ご夫婦は頭を下げ、孫に手を引かれて空港通路に消えていった。名前もなりわいも告げない出会いと別れ。

もうすぐ父の日。男は歳をとると不機嫌になる。そう信じていた僕に、そうじゃないんだよと教えてくれたおじいさん。僕もあなたのように歳をとりたい。ステキな旅のプレゼントは、息子さんはさることながら、あなたの人柄がそうさせるのでしょう。その後、お元気ですか。

職人

八年前に家を新築したとき、人にすすめられるままトイレをオシリ洗浄器付きと奮発した。一体こんなものが必要なのかと合点がいかないまま初めて使った日。ボタンを押すと、プシュッという音がして、水は見事に的を直撃してきた。

「あん」

……いや、声は出ないが相当に気持ちがよい。

思えばアジアを旅したころ、現地の人にならってオシリは水で洗っていた。左手でバケツの水をすくってキュッキュとやる。紙とはちがう独特な爽快感がある。なんで日本人はこれをやらないのか。一度慣れると紙ではふけなくなった。そういう素質はあったのかもしれない。

オシリ洗浄器は毎日使う。体は急速にその快感を覚えていった。プシュがなくてはトイレに入った気がしなくなり、洗浄器のない外出先で用を足すときなど、どうもすっきりしない。

夏のある日、故障した。うんともすんとも言わない便器を見て、これは元来なかったものなのだ、ここで縁を切ろう。一度はそう決心したのだが、気がつけば修理の電話をかけていた。

メーカーからやってきた若い男性は、トイレに座り込んで修理に没頭した。

ただの便器だと思っていた洗浄器付きトイレは、分解すると何がなんだか、大きな基板に配線が複雑に入り組んでいる。

二時間、彼は黙々と基板をいじくりつづけた。こちらが「もう結構ですよ」と言いたくなるような長い時間だ。

汗まみれでトイレから出てきた彼は、故障の原因と修理の過程をことば少なに説明し、ペコリと頭を下げて帰っていった。修理の間、彼はずっと基板を見つめたままだったので、顔はよく覚えていなかった。

プシュが復活した。

あるとき、息子が勝手に調整つまみに触れて、噴射の水勢が「最強」になっていた。そうとは知らずにボタンを押した僕は、思わず飛び上がってしまった。

それから何年かして、また故障した。やって来た修理の男性は、今度は寒いトイレにこもった。無口に根気強くまたしても二時間——快適な噴射は復活した。

ふと気になり訊いてみた。

「前にも来てくださった方ですね」

彼はニコリと頭を下げた。余計なことは一切言わない見事な仕事っぷりなのであった。
以来、水はオシリをピタリと直撃しつづけている。

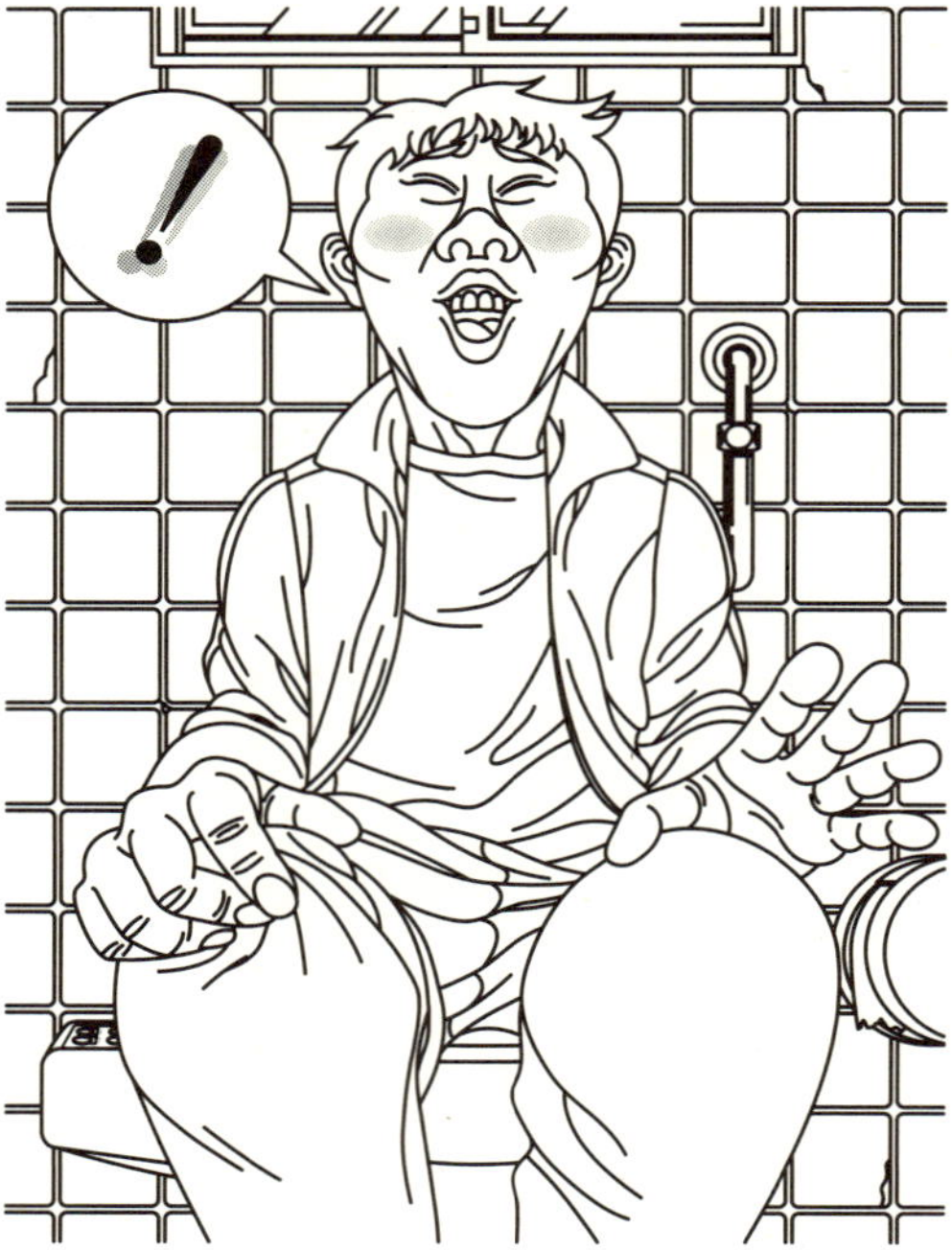

新人さん

夜明け前のまだ暗い時間に、近所のコンビニに行った。ふだんは仕事帰りの夜遅い時間にしか行かない店だ。顔なじみのレジ係がいなくて、ただそれだけで違う店に来たようだ。

これから街が動き出そうとする気配というのか、夜とはちがって、気だるい空気の中にも活力を感じる。なんだか新鮮。

早朝のレジに立っていたのは、この春高校を出たばかりの少年だった。「いらっしゃいませ」を照れくさそうに言う。

パンと牛乳を持ってレジに行くと、少年は袋詰めに手間取った。客が並ぶと、少年の手元はさらにぎこちなくなり、耳のあたりが紅潮する。

そうしているうちに、レジ奥の控え室のドアが開いた。中から出てきたのは、夜いつもいる先輩の店員だ。

少年が安堵の表情を見せた。先輩が横から手助けする。先輩の袋詰めのスピードはすさまじい。レジ打ちも指が見えない。

二人が同時に「ありがとうございました」と言った。さすがに先輩の声は強く頼もしい。顔まで雄々しく見える。

そういえば、今は堂々としたこの先輩も、一年前は新人だった。「いらっしゃいませ」も「ありがとうございました」も、客の目を見て言えなかった。それが今は、こんなに接客が板についてカッコいい。

新人少年が気になり、僕は歩をゆるめて様子をうかがった。

「お弁当は温めますか」

次の客に訊いている。たどたどしい。わかるよ、わかる。その緊張感。

一八歳のとき大阪・千日前のレコード店でアルバイトをした。大学に入って初めてのアルバイトだ。今思えば何でもないことなのに、客が入ってくるだけでどぎまぎした。若いとはそういうものだ。

見知らぬ人に見られることがどれだけ気恥ずかしいことか、働くことがどれだけ大変なことか、僕にはわかるよ。そして、そのぎこちなさやどぎまぎが、とても美しいものだということも、わかるのだよ。

どぎまぎしなくなっても、自分がそうであったことを忘れずに、後輩に手を差し伸べる。それがどんなに美しいことかも、わかっているのだよ。
新人さんの一年後が楽しみだ。

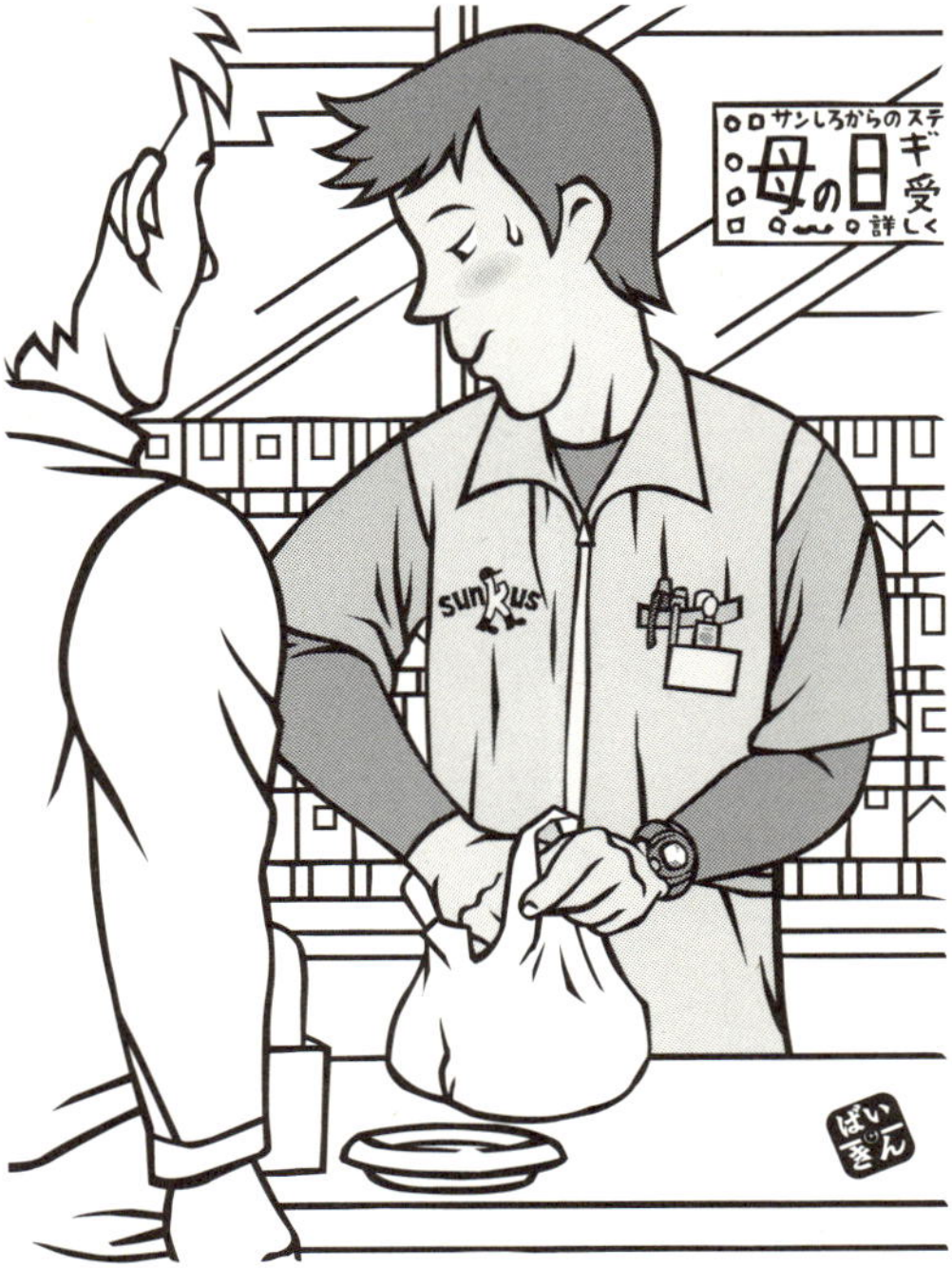

泥酔おやじ

この三年、インターネットのあるサイトの掲示板に毎夜アクセスして書き込みを続けている。当初は、匿名の文章で人の何がわかるものか、と高を括っていた。が、やり取りを交わすうちに、デジタルな画面にも書き手のキャラクターは確実に表れてくることがわかった。

そんなパソコン上だけのつきあいを三年続けた仲間と初めて会ってきた。インターネットを通じて知り合った者どうしが現実に会うことを「オフ会」という。

千葉県我孫子市。サイトの開設者（以下、アビコさん）の家に集まった。三〇代と四〇代の男ばかり六人。

その夜、都内から我孫子に向かう電車の中からは隅田川の花火が見えた。猛暑の谷間で、その日の関東地方は異様に涼しかった。風に虫の音が乗ってきそうな夜だった。

三年間毎日だから、優に千を超える文章を交わしてきたことになる。初めて会うのに「いやあ、懐かしい」みたいな出会いだった。自然と宴は盛り上がった。みんなよく飲む。とくに主催者のアビコさんの飲みかたは、見ていて危なっかしいほどだ。

アビコさんの齢は五〇に近い。離婚してチョンガーを満喫しているんだ。二人の娘はここに残ったけれど、すぐに家を出ていった。気楽でいいよ、とうそぶく。

深夜に近所の居酒屋に行った帰り、アビコさんは道に迷った。家からほんの五〇メートルの所で。アビコさんは泥酔していた。

「ひとりだといつでも旅に出られるしさ」

彼は今の生活が楽しいんだと言い張った。呂律はかなりあやしくなっていた。

男ひとり住まいの殺風景な家の中には、アビコさんが大好きなチベットの土産物が雑然と並べられている。

電球の切れた二階の廊下に、一枚の絵が掛かっていた。ほこりをかぶった古い画用紙。子どもが描いた似顔絵だ。クレヨンで幼い字が書いてある。

「おとうさん、いつもありがとう…ちちのひ」

その傍らに、幼稚園の名札が二つ並んでいる。一五年以上も前の二人のお嬢さんのものだ。口とは裏腹に、娘の思い出を捨て切れないお父さん。自虐的な飲みかたのわけをかいま見た気がした。

ほろ苦いオフ会となった。

船底の夜

「もしかして」なんて、ありそうもない再会を空想しながら今回は書いている。うちだけかもしれないが、テレビドラマみたいに奥さんから「あなた」と呼ばれたことは一度もない。その女性が忘れられないのは、生まれて初めて「あなた」と呼ばれた相手だからかもしれない。

二三年前のこと。二〇歳になったばかりの春だった。大阪弁天町発高松行きの夜行汽船。二等B席。エンジンの振動と油の臭いが直撃する、いわゆる船底客室でのごろ寝であった。

自分の寝床を確保して、さあ横になろうとメガネをはずしたところに若い女性が現れた。僕の隣に腰をおろす。寝転がったままでは何なので、上半身を起こしてあいさつをした。

「こんばんは」

二〇代前半だろうか、そんなに年は変わらないのにずっと大人に見えた。

彼女には連れがいた、と思う。記憶はさだかではない。とにかく僕の隣に彼女は座り、なんでそんなに盛り上がったのかは覚えてないけれど、周りの乗客が寝静まった後も僕らはひそひそと真夜中まで語り合った。学校のこと、友達のこと、流行りのフォークソング……。

彼女の仕事は高松の小学校の先生。仕事の話になると年齢差以上の壁を感じた。

「あなたも教師になる？」

「いやそれはないと思います」

そんな話をした。

どんな顔だったのか、思い出すことはできない。メガネをはずした状態であいさつを交わし、寝入るまでそのままだった。僕は強度の近眼なので、目の前の人の顔さえぼやけて見えない。メガネをかけなおして顔を見るのもカッコ悪い。ずっと見えないままで向かい合っていた。

話をしながら眠り込んだのだと思う。二つだけ、覚えている。

「あしたの夜、友だちと会うのよ。あなたも来ない？」

気恥ずかしくて笑って返した。友人へのみやげというジェームス・ディーンの灰皿を彼女は何枚か持っていた。

「これ、あなたにあげる」

一枚くれた。

それから二〇年あまり。ふと灰皿のほこりを払っては、あの不思議な夜を思い出してきた。

幾度の引越しにもめげずいつも身近にあった灰皿が、最近どこかに消えた。初めて聞いた「あなた」の響きだけは、胸にこそばゆく残っている。

ふるさと

今この原稿を書いている机から視線をぐるりと右に移すと、窓の向こうに山が見える。讃岐山脈。ここから望むと、大内町のシンボルである「虎丸山」がその先頭に立つ。三七三メートル。たいした山ではない。高校生のとき、アメリカ帰りの英語の先生に「あれなどはアメリカ人ならhill（丘）と呼ぶ」と教えられて、強いと信じていた近所の兄ちゃんが実は学校では泣き虫だったとわかったときのようなショックを受けた山である。

ま、そうはいっても町の南の要塞。威風堂々、天上から町民の営みを見下ろしている。人はしょせんそのふところで遊ばせてもらっているようなものだ。

視線を一八〇度回転させると、左手の窓の外には海がある。堤防に釣り人がちらほら。おおっあれはチヌではないか、と釣り上げた魚が見える距離だ。

そんな話を東京の友人にしたら、

「クロカワの家は瀬戸内の離島のとんでもない岸壁に建っている」

ということになっているそうだ。

街灯にカモメが三羽とまっている。下を歩くときは口を開けて上を見てはいけない。フンが降ってくる。カモメのブツはでかい。ベチャという爆裂音をたてて人の頭を直撃するのを見たのは一度や二度ではない。

そういえば東京暮らしが五年めに入った春のこと。連休に帰省したとき読んだ四国新聞に、四国四県の交番便りみたいな記事が載っていた。どんな事件が書いてあるのかと読んでみてコケそうになった。

載っていたのは、「山から下りてきたサルを追い払うおまわりさんの話」と、「けがをしたタヌキが民家に住みついた話」。「小学生が迷子のウサギを交番に届けた」という話もあった。あまりのほのぼの度に、こりゃあ未来は明るいぞ、的な笑いがこぼれたのを覚えている。人とビルとネオンばかりの東京暮らしが幻のように思えた。

今思えばその記事が、会社を辞めてUターンをしようと考えていた僕の背中に、最後のひと押しをしてくれたのかもしれない。

今朝は風も波も穏やかで、ゆるい日ざしは部屋の奥まで届いてくる。

今では当たり前となった田舎暮らしも、実は昔からの望みが叶ったものであって、そのありがたみを忘れないでいようとしみじみ思う秋晴れの朝……なんちゃって。

あとがき

赤ん坊だった息子の寝顔を見ていて、何とも言いようのない衝動を覚えたのが六年前だ。

「何かを残してやりたい」

自分にできることは、旅の話しかない。昔、長い旅をした。

十数年後の息子にフロッピーディスクを渡すシーンを想像しながらキーボードを叩いたら、印税までついて一冊の本になった。たったひとりの息子のために書いたつもりの原稿なのに、できあがった原稿は翌年には二冊目が出版された。読者からは「この人が書いた旅以外のエッセイも読んでみたい」という便りを多くいただいた。

それから三年。気がつくと新聞の連載を持っていた。テーマは自由。旅、日常、家族、教育、時事……、気の向くままに書いた。

旅と文章を書くことには同じ効用がある。旅に出ると、ふだんとは異なる空間軸で日常の自分を眺めることができる。すると日ごろ気づかない点が見えて、反省したり張り切ったり。

文章を書いていると、次が出てこなくて唸ることがある。そんなときに腹の底からわきあがってくるのは、日ごろ考えもしないことばだったりする。意識下の本音の自分が見えてくる。旅と文章を書くことに共通する「自分への気づき」だ。

この本は二〇〇一年の春から三年間、四国新聞に毎週連載した「万華鏡をのぞいたら」をまとめたものである。連載時は読者が飽きないよう同じテーマをつづけないことに気をつかった。こうやってテーマごとに構成すると、また連載時とはちがった趣きがある。本用に文章も手直しした。

連載時からイラストを担当してくださった四国新聞社の笠井均さん、同じく四国新聞社の中山暁広さん、花伝社の平田勝社長さんには厚くお礼を申し上げたい。

「この人が書いた旅以外のエッセイ……」と書いてくださった方にもこの本が届くことを願っている。

黒川博信（くろかわ・ひろのぶ）

1961年香川県生まれ。大阪外国語大学卒業後、5年間の商社勤務を経て、3年計画で世界一周のひとり旅に出る。帰国後、郷里でシャンティ進学塾設立。小学生から社会人までを指導するかたわら、講演、新聞連載、ラジオ出演等をこなす。著書に「バックパッカーはインドをめざす」「バックパッカーは東南アジアをめざす」（集英社刊）、「アジアの真心」（小学館文庫・解説）など。

メールアドレス：kurokawa@mocha.ocn.ne.jp

万華鏡をのぞいたら ——インド放浪の旅のあと——

2004年2月25日　　初版第1刷発行

著者 ——黒川博信
発行者 ——平田　勝
発行 ——花伝社
発売 ——共栄書房
〒101-0065　東京都千代田区西神田2-7-6 川合ビル
電話　03-3263-3813
FAX　03-3239-8272
E-mail　kadensha@muf.biglobe.ne.jp
http://www1.biz.biglobe.ne.jp/~kadensha
振替　00140-6-59661
装幀 ——真田裕子
イラスト ——笠井　均
印刷・製本 ——中央精版印刷株式会社

ISBN4-7634-0416-4　C0036